rororo

Martin Crimp ist ein Meister der Suspense. Raffiniert und fesselnd, «in schnellen Dialogen mit nervöser Schärfe, Witz und kontrollierten Gefühlen» (Frankfurter Rundschau) spannt er ein engmaschiges Netz der Lügen und bedrohlichen Geheimnisse. Ob er in **Der Handel mit Clair** das rätselhafte Verschwinden einer jungen Maklerin schildert, in **Angriffe auf Anne** aus Nachrichten- und Gesprächsfetzen das Porträt einer Frau montiert, die selber nie auftritt, oder ob er den gespenstischen Ehekrieg eines Paares zeigt, das sich nach seiner Flucht aus der Stadt **Auf dem Land** in Sicherheit wähnt – stets gerät man in den Sog harmloser Plaudereien, die sich schnell zu abgründigen Verhören wandeln und den Leser auf Spurensuche schicken nach der Wahrheit der Figuren. Worte entwickeln sich zu Waffen, und «nicht von ungefähr wird man erinnert an die beunruhigenden Thriller von Paul Auster» (The Guardian)

Ergänzt wird der vorliegende Band um die beiden «Mini-Dramen» **Gesicht zur Wand** und **Weniger Notfälle**, die hier erstmals auf Deutsch erscheinen, sowie um ein Vorwort von Martin Crimp selbst.

Martin Crimp

Auf dem Land und andere Stücke

Herausgegeben von Corinna Brocher und Nils Tabert

Rowohlt Taschenbuch Verlag

Deutsche Erstausgabe —— Veröffentlicht im Rowohlt Taschenbuch Verlag GmbH, Reinbek bei Hamburg, Oktober 2003 —— Dealing With Clair Copyright © Martin Crimp, 1988, 1996 —— Attempts on Her Life Copyright © Martin Crimp, 1997 —— The Country Copyright © Martin Crimp, 2000 —— Face to the Wall Copyright © Martin Crimp, 2002 —— Fewer Emergencies Copyright © Martin Crimp, 2002 —— Four Imaginary Characters Copyright © Martin Crimp, 2000 —— Copyright © der Übersetzung by Rowohlt Theater Verlag, 1994, 1997, 1999, 2003 —— Copyright © by Rowohlt Taschenbuch Verlag GmbH, Reinbek bei Hamburg, 2003 —— Aufführungsrechte: Rowohlt Theater Verlag, Hamburger Straße 17, 21465 Reinbek bei Hamburg —— Umschlaggestaltung any.way, Andreas Pufal (Foto: Adele Ahrens) —— gesetzt aus der Rotis Semi Serif und Semi Sans (PostScript), QuarkXPress 4.11 bei KCS GmbH, Buchholz/Hamburg —— Gestaltung Anja Sicka —— Druck und Bindung Druckerei C. H. Beck, Nördlingen —— Printed in Germany —— ISBN 3 499 23466 1 —— Die Schreibweise entspricht den Regeln der neuen Rechtschreibung.

Inhalt

Vier erdachte Figuren

Das Theater

Das Theater hat mich in Flugzeugen festgeschnallt, mich auf Flughäfen empfangen, mich in fremde Städte gefahren. Das Theater kauft mir Drinks und bringt mich um zwei Uhr nachts zurück in mein Hotel. Drei Stunden später knipst es eine grelle Lampe an, dicht vor meinen Augen, sagt, ich soll aufwachen und mich übergeben. Das Theater isst mit mir zu Abend in einem ruhigen Restaurant an der Hamburger Außenalster oder trinkt mit mir einen Kaffee in einem Vorort von Florenz. Es reicht mir ein Mikrophon. Es bittet mich zu sprechen. Es verstärkt meine Stimme. Es fliegt mich nach New York, wo am frühen Abend der Sekundenzeiger meiner Uhr begonnen hat, unter dem Glas wie ein Insekt zu hüpfen. Vor der opulenten Glitzer-Party wartet ein Taxi im Februarregen, um mich direkt nach Bukarest zu bringen, wo die paar lumpigen Dollar in meiner Hosentasche dem Monatsgehalt meines Gastgebers entsprechen. Das Theater zeigt mir glühendes Mauerwerk, aufgerissen von Kugeln. «Wo du jetzt stehst», sagt es, «war die Straße blutüberströmt.»

\+ Es will, dass ich die Schauspieler treffe. Wir gehen in das krankenhausartige Labyrinth und klopfen an ihre Türen. Jede einzelne öffnet sich auf die gleiche heitere Szene: Die Schauspieler wirbeln herum, weg von ihren Spiegeln und Lampen, ihren Kosmetiktüchern, Plastikbechern, Postkarten, Grußbotschaften, Blumen, Aschenbechern, um zu sehen, wer hereinkommt. «Oh mein Gott – Sie sind also der Autor!» Der Raum wird ein winziges Theater, wo wir mit unterschiedlichem Erfolg Entzücken, Bescheidenheit, Angst und gegenseitige Achtung improvisieren.

Der Autor

Eines Nachts, in einem breiten Bett, kann ich ein Atmen hören. Mir graut, denn ich sollte alleine sein. Mein Körper erstarrt, während ich lausche, bis ich merke, dass das, was ich höre, wahrscheinlich die Kühlflüssigkeit im Kühlschrank ist. Ich drehe mich im Bett herum, um in die andere Richtung zu schauen und wieder zu schlafen, da entdecke ich den Autor. Er liegt neben mir, lächelnd, seine Augen weit offen und schwarz, wie die Blende einer Kamera. Es ist eine unangenehme Überraschung. Und als ich ihn frage, was er hier zu suchen habe, was er hier in meinem Bett zu suchen habe, ist seine Antwort nicht gerade beruhigend. «Ich bin gekommen, um mein Leben mit dir zu verbringen», sagt er. Er erklärt weiter, dass bestimmte Menschen, bestimmte Menschen wie ich, auserwählt seien, um von Autoren bewohnt zu werden. Ich bin nicht sicher, ob ich das Wort «bewohnen» mag. «Wie meinst du das?» «Nun», sagt der Autor, «wir Autoren erkennen Menschen, die nichts in sich haben, die innerlich tot sind – wenn ich das mal so sagen darf –, und wir kriechen in sie hinein wie ein Einsiedlerkrebs in eine leere Muschel.» «Wie kommst du auf die Idee, dass ich innerlich tot bin?», frage ich. «Warum wäre ich sonst hier?», sagt der Autor und streichelt meine Wange. Das ist eindeutig ein böser Traum. Ich rolle mich weg von seinem widerlichen Finger und falle in Tiefschlaf. Am Morgen bin ich Gott sei Dank wieder allein, nur dieses schwache Summen kommt aus dem Bad. Ich stoße die Tür auf: der Autor. Und zu allem Überfluss benutzt er meine elektrische Zahnbürste.

\+ Als Erstes stellt er meine Möbel um. Er zieht einen Tisch zum Fenster, um daran zu schreiben. Er reißt den Teppich heraus («spießig»), damit er die Dielen in seinen klobigen Stiefeln auf und ab gehen kann. Er verspottet meine alphabetisch einsortierten Bücher («pedantisch») und kippt seine eigenen aus den Kartons mitten auf den Boden. Er macht sich über mein schönes altes Klavier lustig («großbürgerlich»), das ich teuer erworben habe, und während seiner brutalen atonalen Improvisationen («Tonalität ist tot») hat er Vergnügen daran, seine brennenden Zigaretten auf den fein gemaserten Tasten abzulegen. Wie konnte ich nur annehmen, Autoren seien ruhig und einfühlsam? Alles, was er tut, ist ungehobelt, grob und gemein. Und ich soll seine sämtlichen Launen spiegeln. Wenn er am Fenster sitzt und seine kostbaren Texte schreibt, muss ich mucksmäuschenstill sein («Schalt den Fernseher aus, oder ich mach dich kalt»). Wenn er ausgehen will, muss ich beim Trinken mit ihm mithalten, über seine zynischen Witze lachen, sogar gemeinsam mit ihm verzweifelt Frauen anmachen. Das Allerschlimmste aber ist, wenn ich die halbe Nacht wach bleiben muss, um sein grenzenloses Selbstmitleid zu pflegen, das er – ein wenig glamouröser – Seelenqual oder Verzweiflung nennt. Verglichen damit sind meine anderen Pflichten ziemlich einfach: ans Telefon gehen und ihm die langen weißen Haare schneiden.

\+ Wenn er alleine ausgeht, um Zigaretten oder Eier zu holen, habe ich Gelegenheit, die Hausarbeit nachzuholen. Ich wechsele das Bettzeug, sauge möglichst viel Asche und abgebissene Fingernägel auf und versuche, aus den Büchern ordentliche Stapel zu machen. Einige davon sind seine – ich meine in dem Sinne, dass der Autor sie geschrieben hat – seine im doppelten Wortsinn. Und da: sein Foto auf dem Umschlag. Ich frage mich, wie viele Filme sie wohl verschießen mussten, bevor sie ein Bild hatten, auf dem er halbwegs menschlich aussah. Manchmal werde ich gefragt, was ich vom Werk des Autors halte, besonders jetzt, da er anscheinend immer bekannter wird. Aber warum sollte sich die Muschel für das Gekritzel des Krebses interessieren? Ich habe einiges über seine Arbeit gehört, habe ein paar Seiten überflogen, und ehrlich gesagt ist das alles nicht so ganz mein Fall. Woher nimmt jemand, der stundenlang Bäume beim Wechseln ihrer Farbe oder Kinder beim Seilspringen beobachtet, diesen Schmerz und diese Brutalität? Ist das nicht pervers? Ich mag innerlich tot sein, aber ich weiß, wenn ich an diesem Fenster säße, sähe ich die Welt in einem völlig anderen Licht. Ich würde nicht spotten oder wüten. Mein Ziel wäre die Einfachheit. Ich würde einen ganzen Tag, wenn nötig eine ganze Woche, mit dem Versuch verbringen, die Flugbahn eines herabfallenden Blattes zu beschreiben – oder die Art, wie ein Kind, anders als ein Erwachsener, plötzlich aus reinem Vergnügen anfängt zu rennen.

Der Regisseur

Eines Nachts, auf dem Heimweg vom Theater, beschließt der Regisseur, mich anzurufen. Im Lauf des letzten Jahres habe ich mehrmals versucht, ihn zu erreichen. Anfangs läutete das Telefon ins Leere, läutete und läutete, aber während die Monate vergingen, hörte das Läuten auf und wurde durch eine automatische Nachricht ersetzt – «kein Anschluss». Das war nicht nur deshalb mysteriös, weil der Regisseur, ein alter Freund, offenbar vom Erdboden verschwunden war, sondern auch, weil das Wort «Anschluss» für die Annektierung Österreichs verwendet wurde, wo der Regisseur jetzt lebt. Der Regisseur ist ein großer Mann, arrogant und herzlich. Wenn du ihn triffst, nimmt er dich in seine Arme, und seine Bartstoppeln kratzen dich an der Wange.

«Ich gehe gerade nach Hause», sagt er, «ich war sehr beschäftigt.» Beschäftigt? Das erscheint mir wenig angemessen für ein Jahr des Schweigens. Ich versuche mir den beschäftigten Regisseur vorzustellen, wie er durch die nächtlichen Straßen seiner Stadt nach Hause geht, aber meine Vorstellungskraft versagt, nicht zum ersten Mal. Alles, was ich sehen kann, ist die Donau an einem Sonntagmorgen – oder nein, es muss ein Werktag sein, denn der putzige Zug mit seinem malerischen und schön restaurierten Holz-Interieur, «die steilste Schienenbergbahn Europas», fährt Schulkinder heim in ihre makellosen Vororte in Hanglage. Richtung Süden fällt von dort der Blick auf ein stillgelegtes Konzentrationslager. Bei Meter fünfhundertsiebenunddreißig erreicht der Zug die Bergstation, wo enge laubbedeckte Straßen sich spiralförmig um eine Kirche mit zwei Türmen winden. Es ist Oktober. Die Restaurants und Terrassen, von denen aus man das herrliche Fluss-Panorama genießen kann, scheinen geschlossen zu haben, sind aber einfach nur leer. Das Licht ist gelb und gedämpft. Die Bäume wirken wie aus der Seitenbühne beleuchtet.

\+ Egal, ob man an so etwas Banales wie «Zufall» glaubt oder nicht, ist es auf jeden Fall seltsam, dass der Regisseur genau in dem Moment anruft, als das Vorwort für dieses Buch geschrieben werden muss, denn ich hatte überlegt, für das Umschlag-Bild ein Foto aus einer seiner Inszenierungen zu verwenden. «Was wirst du schreiben?», sagt er, wohl wissend, dass diese Frage auf mich dieselbe Wirkung hat wie das Geräusch des Bohrers beim Zahnarzt und die Spritzer eines gezogenen Zahns auf der Schutzbrille. «Keine Ahnung», sage ich, «vielleicht etwas darüber, dass Stücke wie Kinder sind – ein Teil von dir ist in jeder Zelle ihrer Körper enthalten, du wirst dich immer für sie verantwortlich fühlen – aber Tatsache ist, dass sie eigenständige Wesen sind, die ihr eigenes Leben führen. Was denkst du?» «Weißt du, Martin», sagt der Regisseur, während er durch seine gut beleuchteten, wieder aufgebauten Straßen nach Hause geht, «ich denke, du solltest dieses metaphorische Zeug lassen. Du nimmst mir nicht übel, dass ich das sage, oder?» «Nein, natürlich nicht. Gar nicht.» «Lass die Leute ‹schmecken›, wie es ist, Stücke zu schreiben – die Stücke selbst musst du sie nicht schmecken lassen, das erledigen die Stücke hoffentlich für dich – versetz die Leser einfach für eine Weile in deinen Kopf.» «In meinen Kopf.» «In deinen Kopf, genau. Nimm sie mit auf eine kleine Führung.»

Der Schauspieler

Der Autor ist vor einem Schaufenster an einer sonnigen Hauptstraße stehen geblieben. Im Schaufenster, hinter Gittern, sind Wecker ausgestellt, solche mit zwei Schellen obendrauf und einem Schlägel dazwischen. Der Autor ist vom Anblick der Uhren so gebannt, dass er die Schauspielerin gar nicht bemerkt, bis sie neben ihm auftaucht und spricht. «Es fällt uns schwer zu glauben, dass Sie existieren.» Die Schauspielerin lächelt nicht, als sie das sagt – oder wenn doch – und ja, sie lächelt – sehr wahrscheinlich lächelt sie – aber wenn, dann ist es das ernste, angespannte Lächeln von jemandem, dessen Leben, anders als das des Autors, voller Narben ist von jenem ätzenden Apparat aus Verschwiegenheit und Kontrolle, der jetzt schmerzvoll aufgedeckt wird.

Der Autor will gerade eine geistreiche Antwort über seine eigene Existenz geben oder Existenz im Allgemeinen oder, noch schlimmer, eine triviale Bemerkung über die lustigen Uhren machen, aber er besinnt sich, als er in die Augen der Schauspielerin sieht, als ihm der Raum im Theater einfällt, wo sie und die anderen Schauspieler leben und auf Matratzen am Boden schlafen.

Martin Crimp —— Oktober 1999 —— Deutsch von Susanne Kuffner

Gesicht zur Wand (Face to the Wall)

Deutsch von Corinna Brocher

Die Uraufführung von Gesicht zur Wand war am 12. März 2002 am Royal Court Theatre, London (Regie: Katie Mitchell). —— Personen: Vier Darsteller werden gebraucht: 1, 2, 3 und 4 —— Zeit: Offen —— Ort: Offen —— Ein Schrägstrich (/) markiert den Moment, in dem die Dialoge beginnen, sich zu überlappen.

1 Ja?, sagt die Frau am Empfang. Was kann ich für Sie tun? Kann ich Ihnen weiterhelfen? Wen wollten Sie treffen? Haben Sie einen Termin?

2 Er schießt ihr in den Mund.

1 Er schießt ihr in den Mund und geht den Flur runter.

3 Sehr schnell.

1 Geht —— gut —— ja —— sehr schnell den Flur runter —— öffnet die erstbeste Tür.

3 Marschiert direkt rein.

1 Marschiert direkt rein.

2 Ja?, sagt der Lehrer. Kann ich Ihnen weiterhelfen?

1 Schießt ihm ins Herz.

3 Schießt dem Lehrer mitten ins Herz.

1 Die Kinder verstehen nicht —— sie begreifen nicht sofort, was los ist —— was ist mit ihrem Lehrer passiert? —— sie verstehen nicht —— so etwas ist noch nie / vorher passiert.

3 So etwas ist noch nie vorher passiert —— aber sie verstehen schon —— natürlich verstehen sie —— so etwas haben sie im Fernsehen gesehen —— sie durften zur Belohnung lange aufbleiben und haben so etwas im Fernsehen gesehen —— sie wissen genau, was los ist, und deshalb weichen sie zurück —— weichen instinktiv zurück.

1 Okay —— sie weichen also zurück —— was Schlimmeres könnten sie nicht tun —— zurückweichen —— aber sie weichen zurück —— sie weichen gegen die Wand zurück.

2 Gegen die Bilder an der Wand —— ‹Mein Haus›.

3 ‹Meine Katze›.

2 ‹Ich und meine Katze›.

3 ‹Mein Haus›, ‹Ich und meine Katze›, ‹Ich in einem Baum›, und es ist interessant zu beobachten, wie einige sich / an den Händen halten.

1 Und es ist interessant zu beobachten, wie einige sich an den Händen halten —— instinktiv halten sie sich an den Händen —— wie Kinder das tun —— wie ein Kind das tut —— wenn du nach seiner Hand greifst, während es neben dir geht, wird es nach deiner greifen —— anders als ein Erwachsener, der zurückzuckt —— berühr so nie die Hand eines Erwachsenen, sonst zuckt der Erwachsene zurück —— es sei denn, es ist jemand, der dich liebt —— ein Geliebter —— jeder andere zuckt zurück —— aber ein Geliebter nimmt deine Hand wie ein Kind —— vertraut dir wie ein Kind —— ein Geliebter zuckt nicht zurück —— ein Geliebter hält deine Hand, denn die Hand erinnert euch an eure Liebe —— ganze Nachmittage, beispielsweise, nur damit verbracht, den Raum zwischen den Fingern des anderen zu erspüren —— oder dem Geliebten in die Augen zu sehen —— die breiten, farbigen Ringe in den Augen des Geliebten —— die an etwas —— was ist es? —— nicht helfen —— der Niederschlag —— der Niederschlag in einem Reagenzglas —— aber jeder andere —— ein Erwachsener —— zuckt zurück —— so wie das Kind —— Kind A —— jetzt zurückzuckt, wovor? —— ja?

4 Vor dem warmen Metall.

1 Vor dem warmen Metall —— danke —— des Gewehrs. So wie Kind A jetzt vor dem warmen Metall des Gewehrs zurückzuckt. Er schießt Kind A —— in den Kopf.

3 Er macht weiter.

1 Er macht weiter mit Kind B. Er schießt Kind B —— in den Kopf.

3 Er macht weiter.

1 Er macht weiter mit Kind C. Kind C —— ja?

4 Will sich wegducken.

1 Was?

4 Kind C will / sich wegducken.

1 Er schießt Kind B —— in den Kopf.

3 Er macht weiter.

1 Er macht weiter mit Kind C. Kind C will sich wegducken. Er schießt —— nein —— ja —— nein —— schießt nicht —— ja?

4 Aber vergeblich.

1 Will sich wegducken. Aber vergeblich. Er schießt Kind A —— in den Kopf.

3 Er macht weiter.

1 Er macht weiter mit Kind B. Er schießt Kind B —— in den Kopf.

3 Er macht weiter.

1 Er macht weiter mit Kind C. Kind C will sich wegducken. Aber vergeblich. Aber vergeblich. Er schießt Kind C —— gut —— in den Kopf.

2 Und wie verläuft sein eigenes Leben?

1 Was?

2 Sein Leben —— wie verläuft sein eigenes Leben?

1 Sein Leben verläuft bestens.

3 Wie ist sein Job?

1 Sein Job ist prima —— gut bezahlt und befriedigend.

3 Und seine Frau?

1 Ist charmant und tolerant.

2 Und wie geht's seinen Kindern?

1 Seinen Kindern geht's prima.

3 Wie viele hat er jetzt?

1 Vier. Er hat vier, und allen vieren geht's prima.

2 Was? Allen vieren geht's prima?

1 Allen vieren —— ja —— richtig? —— geht's absolut prima. Er wirbelt sie gern durch die Luft und hört sie vor

Freude kreischen. Wenn er zurück in ihr schönes Haus kommt, hebt er sie hoch und wirbelt sie kreischend durch die Luft.

3 Und wie ist sein schönes Haus?

1 Steigt täglich im Wert —— gut gebaut in guter Lage —— alles ganz nah —— Schulen —— Geschäfte —— größere Straßen führen direkt zu größeren Airports —— kleinere Wege —— nein —— ja —— kleinere Wege —— ja —— kleinere Wege mäandern —— ist das? —— nicht helfen —— nicht helfen —— ja —— kleinere Wege mäandern durch Weiden bewässert von Quellen aus kalkiger Tiefe.

3 Und wie sind die Schulen in seiner Gegend?

1 Die Schulen in seiner Gegend sind prima.

3 Und die Läden?

2 Ja —— wie sind die Läden?

1 Ausgezeichnete Läden —— ausgezeichnet —— ja?

4 Und nicht nur die großen Ketten.

1 Und nicht nur die großen Ketten. Ausgezeichnete Läden —— ausgezeichnet —— und nicht nur die großen Ketten, sondern —— ja?

4 Auch die / kleineren Läden.

1 Ausgezeichnete Läden —— ausgezeichnet —— und nicht nur die großen Ketten, sondern auch die kleineren Läden, von denen man dachte —— nicht dachte —— annahm? —— ja?

4 Von denen man dachte, sie wären fast völlig / verschwunden.

1 Verschwunden. Ausgezeichnete Läden —— ausgezeichnet —— und nicht nur die großen Ketten, sondern auch die kleineren Läden, von denen man dachte, sie wären fast völlig verschwunden.

3 Ich dachte, die kleineren Läden wären fast völlig verschwunden.

1 Stimmt ja auch — aber nicht hier — hier nicht — hier findet man noch all die kleineren Läden, von denen man dachte, sie wären fast völlig verschwunden. Er macht weiter.

2 Was? Handwerksbetriebe?

1 Handwerksbetriebe — ja — Menschen, die Bücher binden — Menschen, die Schuhe herstellen — Menschen, die Messer schleifen — Menschen, die Teppiche flicken — Menschen, die Fisch ausnehmen — Käse schneiden — Menschen, die Farbe mischen. Er macht weiter.

3 Genügend Ärzte?

1 Genügend Ärzte — genügend Restaurants — genügend Werkstätten — ja?

4 Ersatzteile / für Autos.

1 Ersatzteile für Autos, die nicht mehr hergestellt, aber liebevoll restauriert werden. Er macht weiter. Er schießt Kind D — in den Kopf.

2 Dann muss da Blut sein.

1 Ja klar ist da Blut — nicht nur Blut an der Wand — nicht nur Blut auf dem Boden.

3 Sondern Blut in der Luft.

2 Blut in der Luft. Blut hängt in der Luft. Ein Nebel.

3 Eine Sprühwolke.

1 Eine Sprühwolke — genau — gut — blutig — die er nicht bedacht hatte — er hatte die blutige Sprühwolke nicht bedacht — oder den Klang — richtig? — richtig — oder den Klang von gepeinigten Kindern, als sein Kopf auf dem weißen Kissen — auf dem weißen Kissen — nicht helfen — als sein

Kopf auf dem weißen Kissen sich die Szene vorstellte —— aber jetzt —— nicht helfen —— aber jetzt ist es klar —— jetzt ist die Vorstellung klar —— und da ist noch ein Klang —— was ist das für ein Klang? —— nicht helfen, nicht helfen —— der Klang seines Herzens —— nein —— ja —— ja —— der Klang seines Herzens —— der Klang seines eigenen Herzens —— im Kopf des Killers der Klang seines Herzens —— genau —— gut —— den er nicht bedacht hatte —— er hatte den Klang seines Herzens in seinem Kopf nicht bedacht —— der seinen Kopf ausfüllt —— sein eigenes Herz füllt seinen Kopf mit Blut —— seine Ohren platzen —— seine Ohren platzen vom Blut —— wie ein Schwimmer —— nein, nicht Schwimmer —— nicht helfen —— wie ein Taucher —— richtig —— der ins Blut taucht —— er ist wie ein Taucher, der ins Blut taucht —— genau —— gut —— sehr gut —— taucht hinab —— taucht hinab, weg vom Licht —— taucht ins Blut —— platzen —— seine Ohren platzen und, was starrst du an? —— hä? —— hä? —— was starrst du an? —— dreh dich weg —— sieh weg —— nein —— dreh dich weg —— genau —— dreh dich weg, oder du bist der Nächste —— sei still, oder du bist der Nächste —— genau —— gut —— du hast gesehen, was mit Kind A passiert ist, du hast gesehen, was mit Kind B passiert ist, du hast gesehen, was mit Kind C passiert ist —— du hast gesehen, was mit Kind C passiert ist —— du hast gesehen, was mit Kind C passiert ist —— nein —— ja —— nein —— nicht helfen ——

Pause.

Nicht helfen ——

4 Du hast gesehen, was mit Kind D passiert ist.

1 Nicht helfen —— du hast gesehen, was mit Kind A passiert ist, du hast gesehen, was mit Kind B passiert ist, du hast gesehen, was mit Kind C passiert ist, du hast gesehen, was mit Kind D passiert ist, also —— also —— du hast gesehen, was mit Kind D passiert ist, also ——

4 Also furz hier / nicht rum.

1 DU HAST GESEHEN, WAS MIT KIND D PASSIERT IST, ALSO FURZ HIER NICHT RUM. FOTZE. FOTZE. KLEINE FOTZE. ICH HAB GESAGT, NICHT HELFEN.

Lange Pause.

3 Er ist also kein Sympathieträger.

1 Nein.

3 Wir können nicht mit ihm fühlen.

1 Nein.

3 Um ihn weinen.

1 Nein.

3 Er hat nie gelitten.

1 Nein.

3 Einen Krieg erlebt.

1 Nein.

3 Armut erlebt.

1 Nein.

2 Folter.

1 Folter?

2 Wurde gefoltert —— ja —— wegen seiner Überzeugungen. Du hast gehört, was / ich gesagt habe.

1 Nein. Was für Überzeugungen? Nein.

2 Dann eben missbraucht, als Kind.

1 Nein.

2 Als Kind in den Arsch gefickt.

1 Nein.

3 Oder in den Mund.

1 Nein.

2 Schläge.

3 Schläge von seinem Vater, mit dem abgebrochenen Bein vom Küchenstuhl. Schläge mit einem Stuhlbein.

1 Nein.

2 Was ist mit seinen eigenen Kindern?

3 Ja —— vielleicht sind sie krank.

1 Nein.

2 Seine Frau?

3 Was, seine Frau?

2 Krank?

1 Nein.

2 Springt sein Auto manchmal nicht an?

1 Nein.

2 Was ist mit dem Milchmann?

3 Ja —— kommt der Milchmann in seiner Gegend jemals zu spät?

1 Nein.

2 Oder der Postbote?

1 Manchmal.

Pause.

3 Was empfindet er, wenn der Postbote zu spät kommt?

1 Ärger.

2 Also tötet er jetzt den Postboten.

3 Typisch.

1 Natürlich tötet er jetzt nicht den Postboten. Es ist nicht die Schuld des Postboten —— er weiß, es ist nicht die

Schuld des Postboten —— manchmal gibt es Probleme beim Briefesortieren —— die Maschine zum Briefesortieren ist kaputt, beispielsweise, und die Briefe müssen per Hand sortiert werden —— oder vielleicht sind viele Pakete da, und jedes Paket ist gleich eine Unterhaltung an der Tür.

Pause.

Eine Unterhaltung an der Tür —— ja?

4 In der Sonne.

1 Ist gleich eine Unterhaltung an der Tür in der Sonne. Und manchmal kriegt der Sohn des Postboten den Postboten nicht wach. ‹Dad, Dad›, sagt er, ‹es ist fünf Uhr› ——

4 ‹Wach auf. Es ist fünf Uhr.›

1 ‹Dad, Dad›, sagt er. ‹Wach auf. Es ist fünf Uhr. Dein Tee / ist hier.›

4 ‹Zeit zum Aufstehen.›

1 Was?

4 ‹Zeit / zum Aufstehen.›

1 ‹Dad, Dad›, sagt er. ‹Wach auf. Es ist fünf Uhr. Zeit zum Aufstehen. Dein Tee ist hier.› Aber der Postbote —— nicht helfen —— aber der Postbote —— richtig —— ich habe Recht —— nicht helfen —— ‹Zeit zum Aufstehen. Dein Tee ist hier.› Aber der Postbote —— aber der Postbote —— aber der Postbote presst sich einfach fester gegen die Wand.

\+

Zwölf Takte Zusteller-Blues

Wachte auf heut Morgen
Als mein Sohn bei mir stand
Dreh mich weg vom Fenster
Das Gesicht zur Wand.
Daddy Daddy, sagt er zu mir
Daddy Daddy, DEIN TEE IST HIER.

Söhnchen, sag ich,
Dein armer Daddy hat abgebaut
Ein ganz anderer Mensch
Lebt jetzt in seiner Haut.
Sohn Sohn, deinem Daddy ist nicht wohl
Sohn Sohn, dein DADDY IST HOHL.

Ein ganz anderer Mensch
Spricht diese Lügen aus
Ein ganz anderer Mensch
Blickt aus meinen Augen raus.
Sohn Sohn, der schickt Berichte über mich ab
Sohn Sohn, der lenkt die GEDANKEN, DIE ICH HAB.

Mein Sohn goss mir Tee ein
Aus der Kanne braun und alt
Sagte, trink deinen Tee, Dad,
Sonst wird er noch kalt.
Daddy Daddy, zieh den Kopf aus dem Sand
Daddy Daddy, dreh dich WEG VON DER WAND.

Hey, Daddy,
Du mogelst —— und lügst außerdem

Zieh den Schlafanzug aus
Musst jetzt zustellen gehn.
Ich öffne die Augen, während er spricht
Kipp meinen Tee ihm HEISS INS GESICHT.

Hey, Söhnchen,
Eins hat mich das Leben gelehrt
Auf verbrannte Haut Butter
Ist völlig verkehrt.
Sohn Sohn, mir bleibt keine Wahl
Sohn Sohn, die Stimme WAR'S, DIE BEFAHL
(Sagt …)

Doo ba ba-doo ba ba – Doo ba ba-doo ba ba –
Doo ba ba-doo ba ba – Doo ba ba-doo ba ba –
Doo ba ba-doo ba ba – Doo ba ba-doo ba ba –
Doo ba ba-doo ba ba – Doo ba ba-doo ba ba –
Doo ba ba-doo ba ba – Doo ba ba-doo ba ba –
Doo ba ba-doo ba ba – DOO DOO DOO DOO …

Wachte auf heut Morgen
Als mein Sohn bei mir stand
Dreh mich weg vom Fenster
Das Gesicht zur Wand.
Sohn Sohn, da hör ich nicht hin
Zustellen, das ist heute einfach nicht drin …
(Nicht drin).

Auf dem Land (The Country)

Deutsch von Frank Heibert

Die Uraufführung von Auf dem Land war am 11. Mai 2000 am Royal Court Theatre, London (Regie: Katie Mitchell). —— Die deutschsprachige Erstaufführung war am 9. Februar 2001 am Schauspielhaus Bochum (Regie: Dieter Giesing). —— Personen: Corinne (40), Richard (40), Rebecca (25); Corinne und Richard sind aus London, Rebecca ist Amerikanerin. —— Zeit: Gegenwart —— Ort: Auf dem Land —— Ein Schrägstrich (/) markiert den Moment, in dem die Dialoge beginnen, sich zu überlappen.

1

Im Haus. Nachts.
Ein großer Raum, Holzstühle, ein alter Tisch.
Richard und Corinne.

- Was machst du?
- Ich schneide was aus.
- Was schneidest du aus?
- Weiß nicht … Ich bastele was. Warum guckst du mich so an?
- Du schneidest doch normalerweise nichts aus. Du bastelst doch normalerweise nie Sachen. Was bastelst du denn?
- Ich dachte bloß, ich schneide ein paar Bilder aus, die könnten wir um die Wiege herum aufhängen. Ich dachte, das ist vielleicht anregend.
- Sind die bunt?
- Ein paar davon sind bunt.

Sie schneidet aus.

Ein paar sind bloß Bilder.
- Das ist eine gute Idee.
- Findest du das eine gute Idee? Ich bin mir nicht sicher, ob das eine gute Idee ist.
- Hast du genug Licht?
- Oh, das Licht reicht vollkommen. Vielen Dank.

Sie schneidet aus.

Diese … Person. Schläft sie? Wann wird sie aufwachen?

– Verdirb dir nicht die Augen.
– Ist sie am Leben?
– Ja natürlich ist sie am Leben. Was soll das denn / für eine Frage sein?
– Kann ich doch nicht wissen, oder. Ich weiß nicht, ob sie am Leben ist.
– Natürlich ist sie am Leben. Sie schläft.
– Hast du ihr was gegeben?
– Wie, was gegeben?
– Was, damit sie's tut.
– Nicht damit sie's tut, sondern damit es ihr leichter fällt.
– Nicht damit sie's tut, sondern damit es ihr leichter fällt. Ist da ein Unterschied?
– Nein.

Beide lachen schwach.

– Weil, warum hast du sie hergebracht? Warum hast du sie überhaupt hergebracht?
– Das ist mein Beruf, sie herzubringen.
– Was? In unser Haus? Mitten in der Nacht?
– Ja.
– Wirklich?
– Ja.
– Dein **Beruf**? Es ist dein Beruf, eine fremde Frau mitten in der Nacht in unser Haus zu bringen?
– So verstehe ich ihn.
– Und **was** hat sie gemacht?
– Ich hab dir gesagt, was sie gemacht hat.

Pause.

Willst du was trinken?

- Dagelegen.
- Ja. Willst du was?
- Auf der Straße gelegen.
- Sie lag daneben.
- Was? Ausgestreckt? Ausgestreckt daneben?
- (zuckt die Achseln) Wenn du so willst.
- Also einen draufgemacht.
- Was?
- Sie hatte einen draufgemacht.
- Keine Ahnung. Sie war nicht ansprechbar.
- Was? Gar nicht ansprechbar? Da hat sie aber heftig einen draufgemacht. Ein Glück, dass sie nicht meins ist.
- Dein was?
- Mein Kind. Ein Glück, dass sie nicht mein Kind ist.
- Sie ist kein Kind.
- Aber irgendwer liebt sie bestimmt.
- Warum?
- Irgendwer bestimmt.

Er will hinausgehen.

Ich will keinen Alkohol.

- Ich bringe dir Wasser.

Er geht hinaus.
Sie schneidet aus.

- Hast du Morris angerufen?
- (aus dem Off) Was?
- Hast du Morris angerufen? Sollte man ihm nicht Bescheid sagen?

- (aus dem Off) Morris?
- Solltest du ihm nicht Bescheid sagen?
- (aus dem Off) Der schläft sicher schon.
- Ach, du denkst also, der schläft?
- (aus dem Off) Was?

Er kommt mit einem Glas Wasser zurück.

Was?

- Ich kann mir nicht vorstellen, dass Morris je schläft. (nimmt das Wasser) Danke. Ich stelle ihn mir irgendwie ... wachsam vor. Ständig wachsam.

Sie trinkt einen Schluck.

- Meinst du, ich sollte ihn anrufen?
- Du wirkst nur so gar nicht besorgt.
- Das ist mein Beruf.
- Es ist dein Beruf, nicht besorgt zu sein?
- Es ist mein Beruf, nicht so zu wirken.
- Probier mal.
- Was?
- Probier mal.

Er probiert das Wasser.

- Ich schmecke nichts.
- Aber da ist so ein Geschmack.
- Was?
- Irgendetwas ... ich weiß nicht ... Reinheit. Glaubst du, es ist ungefährlich?
- Das ist Wasser, sonst nichts. Das ist ein Glas Wasser.

- Aber sollte da nicht irgendwas drin sein?
- Das ist bloß ein Glas Wasser.
- Sage ich ja.
- Es ist Wasser – es ist rein – und deshalb hat es vielleicht einen Geschmack.
- Du kannst es also doch schmecken?
- Ich kann gar nichts schmecken. Es hat keinen Geschmack. Es schmeckt nach nichts. Aber vielleicht ist es dieser Geschmack nach nichts, den du schmeckst.
- Du also nicht?
- Nein, ich nicht. Tut mir Leid.
- Trink du es.
- Willst du es nicht?
- Nein. Trink du es.

Er trinkt das ganze Wasser.
Pause.
Sie fängt an zu lachen.

- Was ist los?
- Dein Gesichtsausdruck.
- Was für ein Gesichtsausdruck?
- Als du aufgetaucht bist. Dein Gesichtsausdruck, als du aufgetaucht bist, mit ihr in den Armen.
- Aha? Was hab ich denn gemacht?
- Gelächelt.
- Worüber?
- Das ist es ja: Du hast dagestanden, dieses Mädchen in den Armen, und gelächelt. Und ich dachte: Sieh einer an, er hat seinen Sinn für Humor verloren. Jetzt hat er ihn doch verloren, seinen berühmten Sinn / für Humor.
- Dabei hast du dich geirrt.

– Dabei habe ich mich geirrt.
– Dabei hat mein berühmter Sinn für Humor unbeschadet überlebt.
– Dabei hat dein berühmter Sinn für Humor – allerdings – unbeschadet / überlebt
– Ich finde nämlich, du solltest es mir sagen. Ich finde, du solltest mir sagen, wenn du meinst, ich hätte was falsch gemacht.
– Nein nein nein, was du …
– Danke.
– Was du … Falsch? Nein. Natürlich nicht.
– Danke. / Gut.
– Was du gemacht hast, ist … Was du gemacht hast, ist genau das, was **jeder** gemacht hätte.
– Man kann die Leute nicht einfach liegen lassen.
– Das stimmt allerdings.
– Oder?
– Ich glaube nicht, dass man das **kann**, nein. Völlig richtig, kann man **nicht**.
– Wir sind hier nicht in der Stadt.
– Ich weiß.
– Wir sind hier nicht in der Stadt, man kann nicht einfach …
– Ich weiß. Kann man nicht.

Pause.

Und sie hatte keine Tasche?
– Eine was?
– Eine Tasche. Eine Handtasche. Hatte sie nicht irgendein …
– Eine Handtasche?

– Ja. Handtasche. Tasche. Egal. Guck nicht so / perplex.

Pause.

Ja, und?
– Was? Wie bitte?
– Hatte sie eine.
– Eine Tasche?
– Hatte sie eine?
– Ich bin nicht …
– Du bist nicht sicher.
– Nein.
– Du hast nicht …
– Nein.
– Du hast nicht nachgeschaut.
– Nein. Nach einer Tasche? Nein. Warum?
– «Warum»?
– Ja.
– Was?

Pause.

Was? Wenn da nämlich eine Tasche gewesen wäre …
– Ich weiß.
– Wenn da eine Tasche gewesen wäre …
– Ja – bloß, es war kaum mehr Licht …
– … dann könnten wir nachschauen – oder – in der Tasche, und die Dinge vielleicht … / vereinfachen. Wir wären nicht …
– Wie gesagt: Es war kaum mehr Licht. Das Wichtigste war, sie von der Straße zu schaffen, damit sie in Sicherheit war. Die Tasche war nicht – natürlich würde das die Dinge

vereinfachen – aber die Tasche war nicht, wie du dir sicher denken kannst, meine vorrangigste Sorge.

– Die Tasche.
– Was?
– Es gab also eine Tasche.
– Ich weiß nicht, ob es eine Tasche gab.
– Wenn es eine Tasche gab, solltest du zurückfahren. Du solltest zurückfahren und danach suchen.
– Du willst, dass ich zurückfahre und danach suche? Wenn du willst, dass ich zurückfahre und danach suche, fahre ich zurück und suche danach.
– Nein, ich will nicht, dass du zurückfährst und danach suchst, ich will, dass du mich küsst.
– Ich will dich nicht küssen. Ich **habe** dich schon geküsst.
– Dann küss mich nochmal.
– Ich will dich nicht nochmal küssen.
– Warum? Liebst du mich nicht?

Pause.

– Was?
– Guck nicht so perplex. Ich sagte: Liebst du / mich nicht?
– Ich will dich nicht küssen. Ich fühle mich nicht sauber.
– Du siehst aber sauber aus.
– Ich fühle mich aber nicht so.
– Dann geh unter die Dusche. Geh unter die Dusche, und wenn du sauber bist, komm zurück und küss mich.
– Da weck ich die Kinder.
– Glaub ich kaum, dass du die Kinder weckst.
– Wie waren sie?
– Ach, lieb.

Pause.

Ich hab sie mit zu Sophie genommen. Ich hab sie den Nachmittag über bei Sophie gelassen. Ich hatte einen ganzen Nachmittag frei. Sophie ist so nett.

- Du hast ihr hoffentlich was gegeben.
- Ich gebe ihr immer was. Eigentlich gebe ich ihr immer viel zu viel. Als ob sie arm wäre.
- Sie ist arm.
- Sophie? Ich wusste nicht, dass sie arm ist.
- Weiß doch jeder, dass sie arm ist.
- Aber sie ist so ordentlich. Und ihr Haus ist so ordentlich. Es ist so sauber. Sie hat Blumen in der Küche. Was meinst du damit: Sie ist arm?
- Sie hat kein Geld.
- Sie hat ein Haus.
- Das Haus zerfällt. Es gehört ihr nicht. Sie hat es nur gemietet.
- Das glaube ich dir nicht. Ich glaube nicht, dass Sophie arm ist. Kann sie doch gar nicht.
- Diese Tasse, wo sie ihr Geld reintut, ja? Ihr gesamtes Geld liegt von jeher in dieser Tasse.

Pause.

- Hm. Willst du gar nicht wissen, was ich den Nachmittag über gemacht habe?

Pause.

Na gut, dann erzähl ich's dir.

- Was hast du gemacht?

– Ich hab mir einen von den alten Stühlen genommen und mich unter einen Baum gesetzt.
– Klingt schön.
– Es war herrlich.

Pause.

– Unter welchen Baum denn?
– Den am Bach.
– Die Erle.
– Ist das die Erle?
– Der am Bach, / ja.
– Na egal, jedenfalls hab ich mich druntergesetzt. Mich druntergesetzt, und zwar so lange, dass die hinteren Stuhlbeine ins Moos eingesackt sind. Und ich hab in die Landschaft geschaut. Ich habe dagesessen und einfach in die Landschaft geschaut.

Pause.

– Und wie war die Landschaft?
– Herrlich. Die Landschaft war herrlich. Die Hügel waren sanft gewellt, und die Wolken entfalteten sich, wie in einem Märchen. Ich fühlte mich wie das Mädchen aus dem Märchen. Wer ist noch das Mädchen aus dem Märchen?
– Ein Ziegenmädchen.
– Ein Ziegenmädchen oder so. Ich fühlte mich – stimmt – genau wie ein Ziegenmädchen, nur ohne die Ziegen, ein Glück. Und ich dachte an dich, wie du unterwegs bist, mit deinem Sinn für Humor, den du mit Sicherheit brauchst, immer unterwegs über all die Landstraßen, um die Kran-

ken zu besuchen und so weiter, und ich kann dir gar nicht sagen, wie glücklich ich war, wie gut sich das anfühlte. Und in dem Moment tauchte Morris auf.

- Was wollte **Morris** denn?
- Tja, das hab ich auch gesagt. Ich hab gesagt: «Was kann ich für dich tun, Morry?» Und er sagte: «Wie man sieht, fühlst du dich wie zu Hause.» Darauf ich: «Tja, dies **ist** jetzt mein Zuhause, Morry.» Und er: «Tut mir Leid, wenn ich dich störe, aber ich suche Richard.» Ich sagte: «Richard ist leider nicht da. Ich nehme an, er ist draußen und macht seine Runde.» Und Morris sagte: «Ja. So wird es wohl sein.»

Pause.

- Ich hoffe, du warst nett zu ihm.
- Ich war unglaublich nett zu ihm. Sogar, als er sich neben mich hinhockte, in seinem grässlichen Tweedanzug.
- Oh Gott, nicht der grässliche Tweedanzug.
- Er hockte sich direkt neben mich – ja – und fragte, ob wir uns schon eingelebt hätten.
- Was sollte das denn heißen?
- Er fragte nur, ob wir uns schon eingelebt hätten. Ob wir die Stadt vermissten?
- Und, taten wir das?
- Was? Die Stadt vermissen? Also, **ich** nicht. Ich hab ihm gesagt, ich könnte nicht für dich sprechen.
- Hatte er denn erwartet, dass du für mich sprichst?
- Ich weiß nicht, was er erwartet hat. Er sagte, er wäre unterwegs zum Baumarkt, um Farbe zu kaufen, und ob wir irgendwas bräuchten.
- Farbe?

– Ja. Anscheinend hat er kleine Pfosten an seiner Auffahrt, und die streicht er jedes Jahr.
– Hat er denn keine Farbe zu Hause?
– Tja, das hab ich auch gesagt. Ich hab gesagt: «Hast du denn keine Farbe zu Hause?» Und nein, hat er nicht. Oder vielmehr, doch, hat er schon. Er hat etwas Farbe zu Hause – die Farbe vom letzten Jahr, als er die Pfosten gestrichen hat –, bloß weiß er nicht, wo sie ist.

Pause.

– Da hat wohl jemand den Eimer woanders hingestellt.
– Nein, er glaubt, er selber wäre es gewesen. Er ist sich ziemlich sicher, dass er den Eimer woanders hingestellt hat, aber er weiß nicht mehr, wohin. Ich sagte: «Das muss aber sehr frustrierend für dich sein, Morry.» Aber da, da fing er dann an, in einer anderen Sprache mit mir zu reden. Gerade verstand ich ihn noch – die Farbe und so weiter –, und plötzlich gab er irgendwelche Gesänge in einer anderen Sprache von sich. Ich sagte: «Was soll das, Morry?» Und natürlich konnte ich nicht anders, ich musste lachen. Er sagte: «Das ist Latein. Das ist Vergil.»
– Vergil.
– Tja, das hab ich auch gesagt. Ich hab gesagt: «Vergil, Morris? Du schaffst es, dass ich mich furchtbar ungebildet fühle.» Und so war es auch. Er schaffte es, dass ich mich sehr, sehr ungebildet fühlte. Wie er in der Hocke saß. Mit seinen Gesängen da.
– Bestimmt nicht. Bestimmt hat er es gut gemeint.
– Das glaube ich nicht, nein. Ich glaube nicht, dass er es «gut gemeint» hat. Ich dachte die ganze Zeit: «Warum bist du hergekommen? Was willst du?»

- Und, was wollte er?
- Tja, das hab ich mich auch die ganze Zeit gefragt. Er sagte irgendwas mit Bienen. Wie ich da am Bach säße, würde es ihn daran erinnern.
- Ihn an was erinnern?
- Diese Sache. Dieses … Gedicht.
- Jemine.
- Ja. Und ich kann mir nicht helfen, ich denke bloß, was, wenn es ein Mann gewesen wäre? (schwaches Lachen) Guck nicht so perplex. Ich frage mich bloß: Wenn es – sie – wenn sie ein Mann gewesen wäre, wärst du dann auch so gewesen, so … (zuckt die Achseln) Mehr nicht.
- Ein Mann.
- Wärst du dann auch so – ja, ein Mann – so zugewandt gewesen?
- «Wär ich dann auch so zugewandt gewesen?»
- Ja, **wärst** du's? **Wärst** du's – wenn statt einer …
- Zugewandt.
- Ja. Wenn statt einer zerbrechlichen jungen … schlanken jungen … **verlassen** am / Straßenrand.
- Was meinst du damit: / zugewandt?
- Wenn statt dieser … Erscheinung, dieses Opfers irgendeines nicht näher bestimmten, nicht näher untersuchten … Unglücksfalls, sagen wir, es wäre irgendein Mann gewesen, den du gefunden hättest, ein Mann, der vielleicht aus einem Straßengraben gekrochen wäre, über und über mit Schlamm bedeckt …
- Keiner – tut mir Leid – aber da kam keiner gekrochen, / aus keinem Straßengraben.
- Na gut, dann eben – nicht gekrochen, sondern bewusstlos. Du biegst um die Kurve, und statt dieser, dieser … **Person** liegt da ein Mann, der sich um den Verstand

gesoffen hat, und er liegt da in seiner eigenen Kotze und hat sich in die Hose gemacht. Hättest du diesen Mann in dein Auto gehievt? Hättest du ihn den ganzen Weg zu deinem eigenen Haus gefahren, wo deine Kinder schlafen?

Sie fängt wieder an auszuschneiden.

Das meinte ich mit zugewandt, sonst nichts.
– Ich kann doch nichts für ihr Geschlecht.
– Na ja, logisch.
– Und außerdem hat sie nicht gekotzt. Sie hat sich nicht in die Hose gemacht.
– Soweit du weißt.
– Soweit ich weiß.
– **Weißt du's?**
– Was?
– **Weißt du's?**

Sie schneidet sich versehentlich an der Schere – lutscht an ihrem Finger – schaut ihn an.

– Ja klar, das ist schließlich mein Beruf, oder, es zu wissen. Was hast du gemacht?
– Ach. Nichts. Mich geschnitten.
– Ist der Schnitt tief? Tut er weh? Wasch ihn aus.
– Ich lutsche ihn lieber.
– Na, dann lutsch ihn eben.

Beide lachen.
Er wendet sich zum Gehen.

– Wo gehst du hin?
– Ich gehe jetzt unter die Dusche.

Er geht ab.
Sie drückt auf ihren Finger, betrachtet das Blut.

(… Schere)

11

Derselbe Ort, ein paar Minuten später.
Corinne, allein, hält einen kleinen Gegenstand an ihr Ohr gepresst.
Richard kommt, knöpft sein Hemd zu, beobachtet sie.
Sie lässt den Gegenstand – eine Armbanduhr – an dem dünnen goldenen Armband baumeln und lächelt bei sich.

– Warum hast du das gemacht?
– Das ist ihre Uhr.
– Ich weiß, dass das ihre Uhr ist. Gib sie mir bitte.
– Dir?
– Ja.

Sie umschließt sie mit ihrer Faust.
Beide lächeln.

– Ich wollte sie anfassen.
– Warum wolltest du sie anfassen?
– Um nachzuschauen, ob sie heiß ist.
– Und, war sie's?
– Was?
– Heiß.
– Ich habe die Decke weggezogen.
– Sie soll aber zugedeckt bleiben.

Pause.

Warum hast du die Decke weggezogen?

– Ich war neugierig auf ihre Arme. Hast du dir mal ihre Arme angeschaut?
– Nein, ich habe mir ihre Arme nicht angeschaut.
– Dann ihre Beine. Hast du dir ihr Gesicht angeschaut? Hast du sie nicht angeschaut? Hast du dir gar nichts von ihr angeschaut?

Pause.

Bist du nicht neugierig?
– Ich möchte, dass du mir jetzt die Uhr gibst. Ich möchte, dass du aufhörst, sie so fest zu umklammern. Warum umklammerst du sie so fest?
– Ich umklammere sie nicht fest, ich halte sie in der Hand.
– Du machst sie noch kaputt.

Pause.
Sie streckt ihm die Uhr hin.

– Sie ist wunderschön. Sie zeigt die Mondphasen.

Als er näher kommt und nach der Uhr greifen will, schnappt sie sie wieder in ihre Faust.

Aber zuerst musst du mich küssen.
– Ich habe dich geküsst.
– Dann musst du mich nochmal küssen.

Langsam öffnet sie ihre Faust. Er kommt näher, nimmt die Uhr, sie greift nach seiner Hand, das Telefon klingelt. Sie rühren sich nicht.

Geh nicht ran.
– Ich muss ran. Du weißt, dass ich rangehen muss.

Er entzieht ihr seine Hand und geht ans Telefon.

Ja? Hallo?
(munter) Morris. (Es ist Morris.) Ja. Tut mir Leid.
Nein, es ist nicht, natürlich ist es nicht zu spät.
Nein, Morris, wir waren nur, wir waren nur, wir waren nur …
– Hier.
– Wir waren nur **hier**. Wir genießen nur einfach den –
Ja, genau: den Abend, den wunderschönen Abend. Hast du diesen Himmel gesehen, diesen Wahnsinnshimmel?
Na, ich **meine** ja, vorhin. Es **war** vorhin. Jetzt ist es natürlich dunkel – aber ziemlich bestirnt, kann ich mir vorstellen.
Bestirnt – im Sinne von hell – von den Sternen.
Ja, das sag ich ihr, das sag ich ihr ganz bestimmt, Morris.
(Er hat die Farbe.)
Hast du **nicht**?
Ach **wirklich**? (kichert)
(Er hat den anderen Eimer gefunden, als er wieder zu Hause war.) Dann hast du ja jetzt zwei, Morris.
Ich sagte: Dann / hast du ja jetzt –
– Sag ihm doch einfach, er soll abhauen.
– (Was?)
– Sag ihm, er soll uns in Ruhe lassen. Sag ihm, er soll / abhauen.
– Na das ist aber ein ungewöhnlicher Ort für einen Farbeimer. Hör mal, Morry … kann ich dich morgen früh zurückrufen? Die Sache ist, ist nämlich, wir …

(ernst) Hm-hm, hm-hm, hm-hm.
Und wie ist das –
Hm-hm. Und wie ist das –
Hm-hm, hm-hm, hm-hm.
Und wie ist das **passiert**? (Kannst du mir was zu schreiben holen?)
Nichts, nichts, ich sagte nur gerade, wie ist das passiert, Morris? Wann war das?
– Was?
– Entschuldige kurz. (Einen Bleistift. Irgendwas zu schreiben.) Also, wann genau war das?

Corinne geht ab.

Hm-hm, hm-hm.
Na ja, Moment mal, Morris, Moment mal. Weil, Tatsache ist, ist doch, dass ich erstens absolut vorhatte, diesen Hausbesuch zu machen, und zweitens, egal ob Hausbesuch oder nicht, wär dieser Mann in jedem Fall gestorben. Das war ein kranker alter Mann, Morris. Du warst doch da. Du hast das Haus doch gesehen. Du hast doch gesehen, wie er kaum atmen konnte. Du kennst seine Vorgeschichte. Und vergiss bitte nicht: Der Mann war ein Drecksack.
Schwierig? Er war ein verschlagener alter Drecksack, Morris, wie du sehr wohl weißt.

Corinne kommt mit einem Bleistift zurück. Außerdem hat sie eine Frauentasche dabei – eine Handtasche oder einen Mini-Rucksack.

Das verstehe ich ja, das verstehe ich absolut. Natürlich

sieht so was nicht gut aus, aber das heißt doch nicht automatisch, dass es «schlecht aussieht». Es heißt nicht automatisch, dass es schlecht **ist**. Denn es ist schlicht und einfach eine Sache, Morris (Danke), einfach eine Sache, eine Sache, die – unglücklicherweise – ja – eben passiert. Ja klar hatte ich vor, den Besuch zu machen. Logisch. Der Besuch war eingetragen.

– Frag ihn / wegen dem Mädchen.
– Der Besuch war eingetragen. Dass ich vorhatte, den Besuch zu machen, war eingetragen. (Was?)
– Frag ihn wegen –
– Entschuldige kurz, Morris. (Was?)
– Frag ihn wegen dem Mädchen. Sag ihm, dass sie Schmerzen hat.

Pause.

Na sag's ihm.

– (Natürlich hat sie keine Schmerzen. Sie schläft.) Morris? Nein. Nichts. Nur ein kleines / häusliches –
– Warum schluckt sie dann Schmerztabletten. Warum hat sie / Nadeln dabei?
– Nur ein kleines häusliches … (Bitte …) (Er bedeutet ihr, ihn allein zu lassen.) … Tut mir Leid. Ja. Natürlich höre ich zu, Morry. Es war nur ein kleines häusliches (Scheiße, verdammt), nein, nichts, ich hab mich bloß verheddert, Morris, in dieser Schnur. Das Telefon hier gehört ins **Museum** … du musst da noch drehen …
Genau: an der Wählscheibe. Hör zu, Morris, ich gehe davon aus, dass ich deine Unterstützung habe –
Was? Nein nein nein, natürlich nicht, natürlich fühle ich mich nicht «angeklagt» (lacht), ich weiß, du musst nur die

Fakten – was du ja tust – was du ja hast – die relevanten Fakten zusammentragen. Und dann müssen wir beide einfach nur aussagen –

Aber nein, natürlich sollst du nicht lügen, Morris. Kein Mensch muss lügen. Das wäre vollkommen unpassend. Es geht nur darum, eine gewisse Ordnung, eine Art nachvollziehbarer Ordnung in diese Ereignisse zu bringen. Okay, wir reden noch darüber, reden wir morgen früh nochmal darüber, Morris. Gute Nacht. (Er legt auf.)

– Was ist passiert?
– Nichts ist passiert. Wo hast du die her?
– Wo ich die herhabe?
– Wo hast du die her? Ja.
– Die habe ich aus deinem Auto. Ich hab sie unter deinem Sitz gefunden. Offenkundig hast du sie **doch** mitgenommen. Sah dir auch gar nicht ähnlich, sie nicht mitzunehmen, und da lag sie.
– Hm-hm.
– (schwaches Lachen) Ja.
– Du hast gesucht.
– Ja. Natürlich habe ich gesucht. Ich habe / unter dem Sitz gesucht.
– Du hast die Tasche gesucht.
– Ja, ich habe die Tasche gesucht. Ich habe die Tasche nicht nur gesucht, ich habe die Tasche gefunden. Hier ist die Tasche.

Behutsam leert sie den Inhalt der Tasche auf den Fußboden. Pause.

Es ist nur, ich fühle mich plötzlich, ich fühle mich plötzlich – hilf mir – ich fühle mich plötzlich verloren.

Ich weiß nicht, wer du bist. Ich weiß nicht, was du willst. Weil ich dachte, du hättest aufgehört. Ich dachte, du wärst clean. Aber wenn du aufgehört hast, warum sind dann Nadeln in ihrer Tasche? Wem gehören die Nadeln? Gehören die dir? Hat sie dich dafür bezahlt? Womit hat sie dich bezahlt?

Pause.

Wer ist sie? Weißt du das überhaupt? Wahrscheinlich weißt du nicht mal / ihren Namen.
– Sie ist in das Auto gestiegen, sonst nichts.
– Verstehe.
– Sie ist nur ins Auto gestiegen.
– Verstehe. Sie ist nur ins Auto gestiegen.
– Genau.
– Und warum?
– Warum?
– Ja, warum?
– Um sich einen Stein anzuschauen.
– Um sich einen Stein anzuschauen. Sie ist in dein Auto gestiegen, um sich einen Stein anzuschauen.
– Ja.
– Was für einen Stein?
– Keine Ahnung, was für einen Stein. Jetzt tu ihre Sachen wieder zurück in die Tasche. Fass ihre Sachen nicht an. Es gibt keinen Grund, ihre Sachen anzufassen. Sie schläft. Lass sie schlafen. Morgen früh wird sie aufwachen. Und dann geht sie.

Pause.

(beendet die Geschichte) Und das war's auch schon.

- Was war's auch schon?
- Na das. Das war absolut alles, was passiert ist. Guck / mich nicht so an.
- Ich dachte, du hättest aufgehört. Ich dachte, du wärst clean. Ich dachte, deshalb / wären wir überhaupt **hergekommen.**
- Jetzt tu ihre Sachen bitte zurück in die Tasche.
- Weiß Morris davon?
- Natürlich weiß er nichts davon.
- Schaff sie hier weg.
- Wie soll ich sie / hier wegschaffen?
- Bring sie zu Morris.
- Ja klar. Bring sie zu Morris. «Hallo, guten Abend, Morris. Diese junge Frau hier hab ich bewusstlos auf dem Feldweg gefunden, nachdem sie sich in meinem Peugeot einen Schuss gesetzt hatte, und ich hätte nur gern eine zweite Meinung.» «Genau das Richtige, alter Junge. Dann roll sie mal in die Bibliothek und genehmige dir ein Glas schönen Bordeaux, während wir das bevorstehende Ende deiner Karriere bereden und das sich anschließende Leben in Schande und / Armut.»
- Was für ein «Feldweg»?
- Was?
- Was für ein «Feldweg»? Was soll das heißen, «sie ist ins Auto gestiegen»?
- Bring sie zu Morris. Klar.
- Was meinst du damit, «sie ist ins Auto gestiegen»? Wann ist sie ins Auto gestiegen? Ist das der Grund, warum Morris aufgetaucht ist?
- Warum Morris aufgetaucht ist?
- Warum er aufgetaucht ist. Warum er gefragt hat, wo du bist.

– Hör zu: Ich kann dich nicht anlügen.
– Du **hast** mich angelogen. Der **Feldweg**? Du hast mich schon / angelogen.
– Ich versuche ja gerade, das zu erklären.
– Welcher Feldweg?
– Was weiß ich. Ein Feldweg, ein Feldweg, ein Feldweg, wie es ihn eben gibt. **Wie es ihn überall gibt.** (leise) Er war auf der Landkarte. Es war ihre Idee. **Sie** ist ins Auto gestiegen. Und ich lass mich nicht beschuldigen – nicht von dir – nicht von Morris. Na schön, hab ich also die Hausbesuche abgesagt, aber Hausbesuche sind unwichtig. Ich kenne diese Leute, die nehmen den Hörer ab, und dann geht es Herr Doktor dies, Herr Doktor das, bloß damit ich ihnen ein Rezept für irgendwas gebe, das sie sich selbst in der Scheiß-Drogerie kaufen könnten. Brustschmerzen, Brustschmerzen. Ja klar hatte er Brustschmerzen. Der Mann war achtzig Jahre alt. Was macht es da schon für einen **Unterschied**?
– Warum ist sie in dein Auto gestiegen? Ich dachte, du hättest sie am Straßenrand gefunden, aber jetzt steigt sie in dein Auto, und ihr fahrt über einen Feldweg. Sie ist eine Komplizin. Willst du sagen, sie ist eine Komplizin – oder was? – dass du … Hör mir zu. Was genau willst du eigentlich sagen, Richard? Hm? Was für einen **Unterschied**?

Was für einen Unterschied? Diese … Person hierher zu bringen, während deine Kinder schlafen. Mich nach dieser Tasche suchen zu lassen. Mich um dich **sorgen** zu müssen. Im Dunkeln unter dem Autositz herumzukriechen

wie eine Idiotin, während du – was – dir den Geruch abwäschst?
- Also bitte.
- Dir den Geruch abwäschst, oder, und mich dann zu fragen, was es für einen Unterschied macht?
- Bitte: das ist nicht sehr hilfreich.
- Ach nein? Was ist dann hilfreich? Mädchen aufzugabeln? Sie in dein Auto zu locken? Über / einen **Feldweg** zu fahren? Was?

Das Telefon klingelt.

- Kein Mensch wurde gelockt. Red nicht so. Darum geht's doch hier gar nicht. Hör / mir zu.
- Worum geht es **dann**? Klär mich auf. **Ja.**

Schweigen.
Das Telefon klingelt immer weiter.
Schließlich geht Richard dran.

- Hallo? (munter) Morris.

Corinne verlässt den Raum.

Nein nein. Ich bin hier. Voll und ganz hier.
Hm-hm. Hm-hm. Nichts gemerkt. Seit wann klingelt es denn schon? Wir haben beide absolut nichts gem–
Kein Problem, natürlich gibt es kein Problem, nur … nur … ich nehme an, es ist vollkommen ausgeschlossen, dass **du** den übernimmst, oder?

Corinne erscheint in der Tür, beobachtet ihn.

Ja ja ja. Beruhig … Okay … Beruhige dich einfach, Morris, und gib mir –
Ja. In Ordnung. Tut mir Leid. Gib mir die Adresse.
Ja … ja … ja … hab's. Sag ihnen, ich bin gleich da, in – na – zwanzig Minuten.
Dann eben fünfzehn. Fünfzehn. Ich tue, was ich kann, um in fünfzehn Minuten dort zu sein.
Ja, ich **weiß**, dass es dringend ist, Morry. Natürlich verstehe ich, dass es dringend ist. (Er legt auf.)

Er geht hinaus, kommt sofort mit einer Tasche zurück, stellt sie auf den Tisch, lässt sie aufschnappen, prüft den Inhalt, lässt sie wieder zuschnappen.
Pause.

– Und falls sie aufwacht?

Pause.

– Was?
– Und falls sie / aufwacht?
– Sie wacht nicht auf. Verlass dich drauf.

Er geht eilig ab.
Corinne bleibt in der Tür stehen.

(… Stein)

III

Derselbe Ort, später.
Rebecca sitzt auf einem Stuhl, eine Decke über den Schultern.
Corinne sieht ihr beim Sprechen zu.

– Die Sonne schien. Die Bäume waren grün, aber jedes Grün war anders. Ich meine, das Grün von jeder Pflanze war ein anderes Grün.

Pause.

Und ich hatte den Stein gefunden. Ja. Diesen … Außenposten … des Reiches. Nur war das mehr als bloß «ein Stein», weil er Armlehnen hatte, wie ein Sessel. Und ich legte meine Arme darauf. Ich legte meine Arme auf die Arme des Steins. Und das ergab eine Art Übereinstimmung.

Pause.

– Ach wirklich?
– Ja. Eine Art Übereinstimmung – wie, das überrascht Sie? – zwischen den Armen: den Armen aus Stein und den Armen aus …
– Fleisch.
– Was?
– Fleisch.
– Genau. Zwischen den Armen aus Stein und – ja – genau – meinen Armen aus Fleisch. Also – okay – ich betrachte-

te die Bäume. Ich betrachte die Bäume. Und jeder Baum ist grün, aber jedes Grün ist anders. Es ist sogar jedes **Blatt** anders. Jedes Blatt in jedem Baum hat ein anderes Grün. Und sie alle zittern. Ich meine, jedes Blatt zittert, und die ganze Reihe neigt sich nicht nur, sondern weht auch hin und her. Aber ganz, ganz sacht. Während die Kälte des Steins in mich hinein – was – sickert.

Pause.

Dann wurde es dunkel.
– Ich dachte, es war hell.
– Es **war** auch hell. Absolut. Es war ganz klar und hell da oben – so klar und hell, dass man die Dunkelheit förmlich kommen sah.

Pause.

Dann wachte ich auf, und das hier lag über mir.
– Was lag über Ihnen?
– Das hier. Dieses Ding. Diese Decke lag über mir. Ich dachte, ich wäre **gestorben**. Ich dachte, aha, na schön, das ist der Tod.

Pause.

Haben Sie meine Uhr?
– Was?
– Meine Uhr. Ich trug eine Uhr.
– Wirklich?
– Ja. Eine goldene Uhr.
– Eine goldene Uhr.

– Ja. Mit einem goldenen Armband. Eine goldene Uhr mit einem goldenen Armband.
– Sie liegt auf dem Tisch.

Rebecca geht zum Tisch und lässt die Decke fallen. Sie zieht die Uhr an, mit dem Rücken zu Corinne.

– Was gucken Sie?
– Wie bitte?
– Sie starren mich an.
– Wir haben Ihnen die Uhr abgenommen. Wir dachten, nicht dass Sie sie beschädigen.
– Ach? Wir?
– Mein Mann und ich.
– Mein Mann und ich? (schwaches Lachen)
– Wo gehen Sie hin?
– Kann ich mir da ein Glas Wasser holen?
– Nein. Da lang.
– Da lang.
– Ja. **Dort** lang.
– Da lang.
– Ja.
– **Hier** lang?

Pause.

Hier lang?
– Ja.
– Danke.
– Hier durch.
– Vielen Dank.

Rebecca verlässt den Raum.

- Sie müssen sich Licht machen.
- Gibt es da Licht? Ich sehe keins. Doch – ja – ich sehe es.

Licht geht an und scheint schwach in das Zimmer. Man hört Rebecca am Wasserhahn. Das Licht geht aus. Sie taucht mit einem Glas Wasser in der Tür auf, trinkt einen Schluck.

Was ist mit meiner Tasche passiert? Alles rausgefallen?
- Ja?
- Wie ist alles rausgefallen?
- Raus.
- Es ist rausgefallen.
- Ja. Ja, so war's leider.
- (amüsiert) Was? Gab es eine **Szene**?
- Eine Szene?
- Was hab ich gemacht? Hab ich eine Szene gemacht? Mein Gott, wie / peinlich.
- Sie haben gar nichts gemacht. Sie haben geschlafen. Es gab keine Szene.
- Aber die Tasche …
- Alles rausgefallen.

Rebecca sammelt in aller Ruhe ihre Sachen wieder ein und steckt sie zurück in die Tasche, nur eine Schachtel Zigaretten behält sie draußen.
Corinne schaut ihr zu.

Er ist nicht da.
- Wer ist nicht da?
- Mein Mann. Er ist nicht da.

– Das heißt, Sie sind allein?
– Was? Ja. Nein. Nein. Das heißt, er ist nochmal nach draußen.
– Wohin?
– Warum?
– Was? (kurze Pause) Warum was?
– Fragen Sie?
– Wo er ist?
– Ja.
– Warum ich frage, wo Richard ist?
– Ja. Sie wissen, wie er heißt.
– Er heißt Richard.
– Ich weiß, dass er Richard heißt.
– Wo ist er denn?
– Er ist nochmal nach draußen. Eingesprungen.
– Eingesprungen?
– Eingesprungen, ja, für / seinen Partner.
– Haben Sie einen Aschenbecher?
– Was? Nein. Tut mir Leid.
– Haben Sie irgendwas, das ich benutzen dürfte?
– Benutzen?
– Benutzen, als Aschenbecher.
– Was meinen Sie? Eine Schale zum Beispiel?
– Ja, eine Schale zum Beispiel. Einen Teller zum Beispiel. Oder eine …
– Was, eine Tasse zum Beispiel. Eine Kaffeetasse.
– Eine Schale, eine Tasse, eine Kaffeetasse – oder einfach einen Teller, einen stinknormalen / Teller.
– Nein, wir haben leider nichts, was Sie als Aschenbecher benutzen können. Wir haben gar nichts, was Sie / als Aschenbecher benutzen können.
– Nein, Sie haben Recht, es ist scheußlich. Es ist scheußlich,

nachts aufzuwachen und ganz wild darauf zu sein, mein Gott ja, warum sind wir ganz besonders wild auf das, was uns am meisten schadet? Kaffee. Eine Zigarette. Sex. (schwaches Lachen) Ich nehme einfach die Schachtel. Ich schnippe meine Asche einfach in die Schachtel zurück.

Das tut sie. Pause.

- Hören Sie: Ich muss Ihnen etwas / sagen.
- Meinen Sie Morris?
- Wie bitte?
- Ist er für Morris eingesprungen?
- Ja. Warum? Kennen Sie Morris?
- Nein, aber ich würde ihn gern mal kennen lernen. Klingt nach einem echten Original.
- Oh ja, ein Original ist er.
- Hassen Sie ihn?
- Was?
- Hassen Sie Morris?
- (schwaches Lachen) Ist das / so offensichtlich?
- Warum hassen Sie Morris? **Absolut** / offensichtlich. Ja.
- Ist das wirklich so offensichtlich?
- Und wie. Sie **hassen** den Mann.

Beide lachen.

Warum hassen Sie Morris?
- Sie haben ihn nie kennen gelernt.
- Nein, würde ich aber gern. Er kann Latein.
- Was?
- Kann er etwa kein Latein? Richard hat mir erzählt, er / kann Latein.

– Ja, er kann Latein.
– Na, dann würde ich ihn gern mal kennen lernen. Ich würde gern Latein mit ihm reden. Und über Geschichte. Ich diskutiere gern über Geschichte.
– Und Sie «sprechen Latein», ja?
– Überrascht Sie das?
– Nein. Doch. Ja, eigentlich schon. Es überrascht mich / sehr.
– Wirklich? Ohne Latein könnte ich nämlich nicht tun, was ich tue. Ohne Latein wäre ich gar nicht **hier**.
– Was **tun** Sie denn?
– Was ich **tue**? Ich studiere.
– Sie studieren.
– Ich studiere.
– Sie studieren Latein.
– Ich studiere nicht Latein, nein – das heißt, gut, ja, ich **studiere** es, aber mein **Studium**, also eigentlich studiere ich Geschichte. Und deshalb ist das hier **der** Ort für mich.

Pause.

Wenn Sie sich für Geschichte interessieren, ist das hier wahrscheinlich der / Ort schlechthin.
– Geschichte interessiert mich nicht.
– Geschichte interessiert jeden.
– Vielleicht da, wo Sie herkommen. Aber mich nicht. Uns nicht. Ganz im Gegenteil.
– Im Gegenteil?
– Ja.
– Was für ein Gegenteil?
– Deshalb sind wir nicht / hergekommen.

– Was für ein Gegenteil? Denn das Gegenteil von Geschichte kann doch nur – pardon – Unwissenheit sein.
– Deshalb sind wir nicht hergekommen. Wir sind hergekommen, um hier zu leben
– Zu leben.
– Ja. Zu leben. Klopfen Sie immer solche / Sprüche?
– Und, das Land? Haben Sie schon immer hier gelebt?
– Was? Nein. Ja. In **diesem** Land? Doch.
– Nein. Auf dem Land. Nicht in **diesem** Land. Auf dem Land.
– In einer ländlichen Gegend.
– Ja. Gut. In einer ländlichen Gegend.
– Nein.
– Nennen Sie das immer so? Eine ländliche **Gegend**?
– Nein.
– Ach so.
– Es ist das Land. Wir sagen, auf dem Land.
– Ach so. Gut.
– **Wir** sagen dazu – ich meine – auf dem Land, weil wir aus der Stadt kommen, aber wenn man vom Land kommt, nennt man es wohl … ich nehme an, dann nennt man es … (schwaches Lachen) Ich weiß nicht, wie man es dann nennt.
– Zuhause.
– Ja. Vielleicht.
– Man würde es Zuhause nennen.
– Warum würden Sie es Zuhause nennen? Kommen Sie vom Land?
– (lacht) Ich? Ich komme aus der Stadt. Für mich wird immer die Stadt mein Zuhause sein. Ich sage «zu Hause, wo ich herkomme» zu den Leuten, während für Sie …

- Was?
- Sagen Sie «zu Hause, wo ich herkomme»?
- Wir leben hier. Hier werden unsere Kinder leben. Dies **ist** unser Zuhause.
- Genau. Ja, genau: Sie und Ihre Kinder können nirgendwohin / zurückkehren.
- Dies ist unser Zuhause. Wir wollen nicht «zurückkehren». Wir sind eine Familie. Wir sind hier auf Dauer.
- Und das – was? – wegen einem Ideal? Auf Dauer. Wie können Sie da / so sicher sein?
- Was für ein Ideal? Nein. Wir haben uns nur verliebt / in –
- Sie haben sich verliebt?
- Ja – in das Haus. Ich weiß nicht, was Sie damit / meinen: Ideal.
- Na ja, ein ländliches – logisch – Ideal. Vergil, zum Beispiel, sein Ideal vom Land. Von dem harmonischen ... von der Ordnung der Dinge, dem geordneten Anbau der Dinge. Von den Aufgaben, die zu Winter und Frühjahr, Sommer und Herbst gehören, die Rebstöcke, das Weidengebüsch, die ... / Mandelbäume.
- Wir sind einfach nur hergekommen, um unser Leben zu ändern, ein bisschen, um ... vielleicht klingt das jetzt unvernünftig – aber, ja, um glücklicher zu sein. Na jedenfalls / versuchen
- Nein, gar nicht.
- glücklicher zu sein. Um der Stadt – ja – auf Dauer – zu entfliehen. Das hat überhaupt nichts zu tun / mit Vergil.
- Gar nicht. Streben, meinen Sie, streben nach Ihrem / Familienglück.
- Falls man überhaupt fliehen **kann**. Ich gehe davon aus, denn ich glaube, es ist möglich / zu fliehen.
- Die Stadt macht die Menschen verrückt.

– Ja.
– Hab ich gesehen. Verrückte. Meine Freunde.
– Ja.
– Schlafen nachts nicht. Sie liegen wach und horchen, horchen auf die Stadt, sonst nichts.
– Ja.
– Aber sie haben eine Heidenangst. Eine Heidenangst wegzugehen.
– Ich weiß. Wirklich? Ja.
– Für den Fall, dass sie – ja, wirklich – für den Fall, dass sie die Gelegenheit versäumen, irgendeine Gelegenheit, die natürlich möglicherweise / niemals kommt.
– Aber wir haben es getan, verstehen Sie. Wir sind geflüchtet. Und als er mir das Haus zeigte …
– Ich habe ein paar verrückte Freunde. Was die für ein Zeug machen, auf was für ein Zeug die wild sind, das würden Sie / nicht glauben.
– Er zeigte mir das Haus – dieses Haus –, und das überzeugte mich.
– Er überzeugte Sie. Er überzeugte Sie davon herzukommen.
– Ja.
– Er überzeugte Sie davon, dass das gut wäre.
– Es ist gut. Es ist gut. Ich musste nicht / überzeugt werden.
– Das Land. Der Bach. Das wunderschöne Haus.
– Ja. Das wunderschöne Haus. Warum nicht?

Pause.

Was wollen Sie von mir?
– Ihr … Mann – hat mich heute Nacht fast umgebracht.

Da draußen auf dem Feldweg. Oder hat er das nicht erwähnt? (steckt sich eine Zigarette an) Mannomann, das war was. Das war vielleicht was. Das war ein **Brüller**.

Pause.

Ich dachte, ich wäre **gestorben**. Oder hat er das nicht erwähnt?

- Okay, okay, okay. Ja. Hören Sie zu.
- Bevor er «nach draußen gegangen ist». «Eingesprungen». Bevor er mich hier gelassen hat, ohne Aschenbecher.
- Hören Sie zu.
- Was? Was? Ja? Zuhören? Okay. (kurze Pause) Also, okay: Ich höre / Ihnen zu.
- Sie sind in einem fremden Haus aufgewacht. Ich kann verstehen, dass Sie verwirrt sind. Es ist ein großes Haus. Es ist mitten in der Nacht. Ich kenne Sie nicht. Ich weiß nicht, was Sie wollen. Ich weiß aber – hören Sie mir zu –, ich weiß, dass Ihre Sicherheit seine größte Sorge war. Ist Ihnen das klar?
  Mein Mann ist Arzt. Sie sind im Haus eines Arztes. Sie sind ein intelligentes Mädchen – ein sehr – unverkennbar – intelligentes Mädchen – aber ich werde es nicht hinnehmen – wir beide werden es nicht hinnehmen – nicht hinnehmen, dass Sie ihn einfach beschuldigen – wo gehen Sie hin?

Rebecca steht auf, steckt die Zigaretten wieder zurück in die Tasche.

- Ich glaube, ich sollte gehen. Intelligentes Mädchen? Scheiß drauf. Scheiße. Warum hat er mich hierher gebracht? Der hat sie doch nicht mehr alle gehabt – nicht alle / **Tassen** im Schrank.

– Sie können nicht weg. Nein. Da ist nichts …
– Wo ist meine / Jacke?
– Bitte, da draußen ist nichts. Es gibt kein …
– Ich kann nicht weg?
– … Licht. Es gibt kein … Bloß offenes **Land**, es gibt kein Licht oder …
– Ich kann nicht weg aus Ihrem / Haus? **Was?**
– Natürlich können Sie aus dem Haus gehen, aber nicht jetzt, nicht solange Sie … Bitte seien Sie / vernünftig.
– Verwirrt sind?
– Genau.
– Weil, ich bin's nicht, die hier / verwirrt ist.
– Nicht bevor wir geredet haben.
– Wir haben geredet.
– Schauen Sie: Ich möchte nur ehrlich zu Ihnen sein, einfach ganz ehrlich.
– Sie wollen ehrlich sein?
– Ja. Ich / versuche es –
– Weil, je mehr Sie reden, desto weniger sagen Sie.
– Das ist nicht wahr. Ich / versuche es …
– Desto weniger – wirklich – sagen Sie.
– … zu erklären. Nein.
– Sie versuchen / **ehrlich** zu sein?
– Na gut, na gut, na gut.

Pause.

Ich bitte Sie – wobei mir klar ist, dass ich vielleicht gar kein Recht habe, Sie zu bitten – das ist mir klar, das ist mir klar – aber ich bitte Sie jedenfalls, zu vergessen –

flehe Sie an – darf ich? – diese irrtümliche Einschätzung (was es mit Sicherheit war) zu vergessen.
Sie **kennen** ihn nicht. Er ist nicht …
Ja, er ist ein Mann, logisch, aber er ist nicht …
Und vielleicht – ich weiß nicht – aber vielleicht haben Sie ihm ja ein Zeichen gegeben, ihm unwissentlich ein Zeichen gegeben, das er falsch gedeutet hat. Was keine Entschuldigung ist – natürlich nicht – nein. Aber vielleicht war das Zeichen – für ihn – begreifen Sie? – der vielleicht diese Zeichen nicht verstehen kann – **weil er ein Mann ist**, vielleicht diese Zeichen nicht verstehen kann. Ja?

Pause.

Seine Unwissenheit – ja – Dummheit – ja, einverstanden. Aber um Ihnen zu schaden, das werde ich nicht glauben. Nein. Das kann ich nicht. Ein Mädchen – eine Frau – eine junge Frau lässt sich von einem Mann im Auto mitnehmen, den sie nie zuvor gesehen hat. Und für sie ist das vielleicht … was weiß ich, was es ist – ein Spiel? Ist es ein Spiel? Sie ist jung – sie hat keine Angst – sie steigt in sein Auto – unter einem Vorwand – irgendeinem Vorwand? – und ganz gleich, wie falsch das ist – ganz gleich, dass **wir** wissen, wie falsch das ist – wie soll er (der schließlich auch nur ein Mensch ist) das denn deuten?
Er hat Ihnen unrecht getan – ganz klar unrecht getan – und Sie sind wütend – wozu Sie jedes Recht haben – aber **ich** möchte mich entschuldigen. Sie werden drüber wegkommen. Für Sie ist es nur ein Nachmittag, eine Nacht, und Sie werden bald drüber wegkommen.

Während für uns – und das meine ich mit ehrlich – für uns ist es unser gemeinsames Leben – seine ganze Stellung hier – um es ganz offen zu sagen –, die in Gefahr geraten ist.
Und wenn Sie etwas brauchen – wenn Sie ... Weil ich nicht weiß, was Sie vielleicht wollen, was Sie vielleicht brauchen – aber wenn Sie ... / Geld brauchen, oder –

– Nur ein Nachmittag.
– Was? Ja. Tut mir Leid, wenn das / brutal klingt.
– (leise und intensiv) Aber was meinen Sie damit, «nur ein Nachmittag»? Was meinen Sie mit «einem Mann, den sie nie zuvor gesehen hat»? Haben Sie keinen blassen Schimmer?
Haben Sie wirklich keinen blassen Schimmer?
Und mich dann auch noch herablassend behandeln.
Gönnerhaft. Mit Ihrem Haus, Ihrem Land, Ihren Kindern.
Und **mir** vorwerfen, ich würde Sprüche klopfen?
Nur ein Nachmittag?
Er ist aufs Land gezogen, um **bei mir zu sein.**
Ja.
Weil er sich danach sehnte, bei mir zu sein.
Weil er darauf versessen war, bei mir zu sein.
«Ein Mann, den sie nie zuvor gesehen hat»? Wie können Sie sich selbst nur so **täuschen**? Und sich dann noch bei mir **entschuldigen** – in seinem Namen ... (schwaches Lachen) ... in Ihrem eigenen Haus?

Pause.

– Ich möchte, dass Sie jetzt gehen.
– Meine Sachen anzufassen – meine Sachen zu nehmen – meine **Uhr** / zu nehmen.

- Ich sagte, ich möchte, dass Sie jetzt gehen.
- Die Uhr, die er mir gegeben hat.
- Raus.
- Aber Sie wollten doch, dass ich bleibe. Ich dachte, Sie wollten, dass ich bleibe, weil ich so / verwirrt bin.
- Ich hab's mir anders überlegt. Ich will, dass Sie gehen. Raus mit Ihnen.
- Wo soll ich hin?
- Mir doch egal, wo Sie hingehen.
- Oh, soll ich vielleicht zu Morris?

Pause.

Soll ich zu Morris gehen? Ein bisschen Latein reden? Ein bisschen über Geschichte diskutieren?

(... Papier)

IV

Derselbe Ort, später.
Rebecca allein.

– «Derart besang ich Ackerbau, Viehzucht und Pflege von Bäumen, während der große Caesar am tiefen Euphrat im Kampfe funkelnde Blitzstrahlen schleudert, als Sieger den willigen Völkern.» Willige Völker. (schwaches Lachen) Was wusste der schon? Von Ackerbau. Oder Bäumen. Woher wusste der, dass die «Völker» willig waren?

Richard kommt mit einem Glas Wasser herein und gibt es Rebecca.

Und wie man einen Bauernhof führte? (Danke.) Ich kann dir sagen, wie man einen Bauernhof führte. Mit Sklaven. Mit Sklavenarbeit. Was er in seiner Beschreibung unterschlägt.

– Sprich bitte leiser.
– Wieso, das ist Lyrik. Das ist **idyllisch**.

Pause.
Sie trinkt.

– Du hast Corinne also nicht gesehen?
– Was? Deine Frau? (kurze Pause) Wie schon gesagt: Ich bin aufgewacht. Ich war allein. In einem fremden Haus. Ich hatte Angst. Also, nein, ich hab / «Corinne nicht gesehen».
– Du hast sie auch nicht herumgehen hören?

- Ich habe niemanden herumgehen hören. Ich habe gar nichts gehört. Warum sollte deine Frau / herumgehen?
- Wenn sie wach wäre. Wenn sie wach wäre, würde sie herumgehen.

Pause.

Herumtigern.
- Kann ich mal unter die Dusche? Wo ist die?
- Nein.
- Ist sie hier lang?
- Nein. Kannst du nicht. Du kannst nicht – tut mir Leid – unter die Dusche.
- Muss ich da hier lang?
- Nein, das ist … das ist …
- Was ist das?

Pause.

Was ist das?
- Da gehst du nicht lang.
- Wo dann?
- Gar nicht. Das macht Geräusche.
- Was für Geräusche?
- Ja.
- Ach ja?
- Ja. Tut mir Leid.

Pause.

- Ich mache keine Geräusche.

– Du **wirst** Geräusche machen. Tut mir Leid, aber du **wirst** Geräusche machen.
– Was für Geräusche? Ich werde keine / Geräusche machen.
– Die Geräusche, die das macht. Die Geräusche vom …
– Deine Dusche macht Geräusche? Was für / Geräusche?
– Die Geräusche vom Duschen.
– Von was?
– Vom Duschen. Die Geräusche vom / Wasser.
– Deine Dusche macht Duschgeräusche?
– Ja, leider.

Pause.

– Du meinst das Wasser?
– Das Wasser, und der Vorhang macht auch Geräusche, wenn man ihn bewegt.
– Was für Geräusche?
– So ein Quietschen, eine Art / quietschendes Geräusch.
– Ich fasse den – tja, wenn das so ist, fasse ich den Vorhang einfach nicht an.
– Der macht / Geräusche. Nein.
– Ich dusche einfach.
– Nein. Tut mir sehr Leid. Nein.

Pause.

Du wirst meine Frau aufwecken. Du wirst die / Kinder aufwecken.
– Wie soll das gehen? Ich darf nicht / duschen?
– **Hör** mir zu.
– Ich meine, wie genau willst du … wie willst du mich … dazu zwingen …

– Was?
– Dazu zwingen – ja –, dieses Verbot zu befolgen?
– Bitte, ich / bitte dich nur.
– Mit Gewalt?
– Ich bitte dich nur, nicht die / Dusche zu benutzen.
– Mit Gewalt? Wirklich?
– Nein. Hör zu. Lass mich erklären. Die Dusche – nicht mit Gewalt – die Dusche ist oben …
– Okay.
– Du gehst die Treppe rauf, aber zur Dusche musst du durch –
– Danke. Ich gehe also die Treppe rauf.
– Ja. Aber nein – nein, du gehst nicht die Treppe rauf, denn was ich meine, ist, ist, du musst durch ihr Zimmer durch. Zur Dusche geht es durch das Kinderzimmer. Verstehst du jetzt?
– Durch das Zimmer deiner Kinder.
– Ja.
– Verstehe. Deine Kinder.
– Ja.
– Aber warum denn?

Pause.

Warum ist dein Haus so entworfen? Warum gehst du durch das Kinderzimmer, um in / dein Bad zu kommen?
– Es ist kein Haus.
– Es ist kein Haus?
– Nein, es ist kein Haus, es ist ein …
– Was ist es denn?
– Ich sage dir doch, was es ist. Du weißt, was es ist. Du

weißt, es ist kein Haus, sondern ein Getreidespeicher, es ist ein …

– Es ist ein Getreidespeicher.

– Es war ein Getreidespeicher. Es war für Getreide. Es war kein Haus. Jetzt ist es ein Haus. Und natürlich will ich dir nicht – du weißt doch, ich will dir nicht – drohen. Ich appelliere nur – ganz einfach – verstehst du – ich appelliere an deine Vernunft.

– Aber ist das denn vernünftig?

– Ist was vernünftig?

– Dieser … Weg.

– Weg.

– Dieser seltsame – ja – Weg zu deinem Badezimmer. Ist das ein vernünftiger Weg?

– Ich glaube schon. Ja. Es war eigentlich immer ein sehr guter Weg – ein idealer, könnte man sagen, Weg.

– Bis heute.

– **Sogar** heute.

– Aber nicht für mich.

– Nicht – das stimmt – für dich. Komm.

– Was?

– Komm. Wir gehen.

– Wir gehen? Wohin?

– Ich bringe dich zurück.

– Ich glaube dir nicht, dass du mich zurückbringst, ich traue dir nicht.

– Natürlich traust du mir.

– Warum sollte ich dir trauen?

– Ich bringe dich zurück.

– Warum sollte ich dir trauen? Du hast mich zurückgelassen.

– Ich habe dich zurückgelassen, ja, aber ich habe dich nicht verlassen, und jetzt bringe ich dich zurück. Ich bin zurück**gekommen**, und jetzt wirst du / zurück**gebracht**.

- Aber ich bin hier zu Hause.
- Du bist hier nicht – tut mir Leid – zu Hause.
- Warum hast du mich dann hierher gebracht?
- Du weißt, warum / ich dich hierher gebracht habe.
- Wolltest du mir eine Stellung anbieten?
- Was wollte ich?
- Mir eine Stellung anbieten? Um deiner Frau zu helfen? Als Hausmädchen. Sollte ich das Hausmädchen sein?
- Sie braucht keine Hilfe. Sie ist sehr eigenständig.
- Hol dir ein Hausmädchen. Fick das Hausmädchen.
- Ich will das Hausmädchen nicht ficken.
- Alle wollen das Hausmädchen ficken.
- Tja, ich nicht. Ganz im Gegenteil.
- Im Gegenteil? Wirklich? (schwaches Lachen)
- Ja, wirklich. Ist das / komisch?
- Und was ist das Gegenteil von «das Hausmädchen ficken»?
- Das Gegenteil von «das Hausmädchen ficken» ist «das Hausmädchen nicht ficken».

Beide lachen leise. Sie nimmt seine Hand.

- Also, wo bist du gewesen?
- Es war ein Baby.
- Oh, krank geworden?
- Nein, geboren worden.
- Hast du es gehalten?
- Natürlich habe ich es gehalten.
- Hat die Mutter es gehalten?
- Ja.
- Hat es geweint?

- Es hat geschrien. Warum?
- War es schön?
- Sie fanden es schön.
- Die Eltern.
- Ja, die Eltern fanden es schön. Und ich auch.

Pause.

Der Vater dankte mir.
- Er dankte dir?
- Er legte mir seinen Arm um die Schulter.
- Er war dankbar.
- Er war sehr dankbar. Ich hatte gerade seinen Sohn auf die Welt gebracht.
- Es war ein Junge.
- Es war ein kleiner Junge. Ja.
- Es war eine Familie.
- Es war … zu einer geworden. Er wollte mich auf einen Drink einladen …
- Ach, du hast einen mit ihm getrunken?
- … aber ich wollte nicht.

Pause.

- Du hättest einen mit ihm trinken sollen. Der Mann ist schließlich / Vater geworden.
- Aber ich wollte nicht. Ich … er … folgte mir die Treppe hinunter … und er … erwischte mich in der Diele. Es war eine sehr kleine Diele. Der Stromzähler war an die Wand geschraubt, und ich konnte die Scheibe sehen, die silberne Scheibe des Zählers, die immer im Kreis lief. Er sagte zu mir: «Einen Drink, Doktor?» Und ich muss

vollkommen perplex geguckt haben, denn er sagte es nochmal. Die Scheibe drehte sich, und ich dachte: Wie kann ein so kleines Haus so viel Strom verbrauchen? Da muss irgendwas an sein – eine Flamme – ein Gefrierschrank – und den Strom fressen. «Ich trinke einen», sagte er, «was ist mit Ihnen?» Und er hatte einen großen ... Namen auf seinem Hemd stehen. Einen Markennamen. Den Namen einer Hemdenmarke ... **auf** seinem Hemd. Er war so glücklich. Er war so hoffnungsfroh.

Pause.

– Tja, natürlich war er glücklich. Du hattest seinen Sohn auf die Welt gebracht.
– Aber ich sagte: «Nein. Ich muss gehen. Ich muss noch arbeiten.»
– Du hast ihn enttäuscht. Er wollte feiern.
– Nein. Das ist es ja gerade. Er wirkte erleichtert.

Sie packt seine Hand fester.

Tu mir nicht weh.
– Ich tu dir nicht weh.
– Ich hab gesagt: Tu mir nicht weh.
– Was? Tut das weh?
– Ja. Es tut weh. Hör auf. Was ist los?
– Wirklich? Das tut weh?
– Ja.

Er entzieht ihr seine Hand. Die winzige Schere fällt zu Boden.

Du hast mir in die Hand geschnitten.

– Was hab ich?
– Du hast mir ein Loch in die Hand gemacht.
– Ein Loch in die Hand?
– Ja.
– Oh Mann du bist wütend.
– Ja.
– (lacht) Bist du aber wütend, Richard.
– Red endlich leiser.
– Ich hab dir ein Loch in die Hand gemacht? Ist es tief? Hast du Schmerzen?

Pause.

Drück mal.
– Ich drücke ja.
– Lass mich drücken.
– Fass mich nicht an.

Er lässt sie seine Hand nehmen.

– Ist nur eine Fleischwunde.
– Da ist auch nur Fleisch.

Sie lutscht die Wunde aus, lässt seine Hand los.
Er schaut sie an, lächelt.

– Was?
– Du hast da Blut.
– Wo?
– Hier, auf deinem Gesicht.

Er berührt sie am Mund.

Sie lässt ihre Finger dort einen Moment ruhen, dann löst sie sich von ihm und wischt sich den Mund am Ärmel ab.

- Kann ich sie sehen?
- Was sehen?
- Deine Kleinen?
- Nein. Hab ich dir schon gesagt.
- Hast du gesagt?
- Ja. Hab ich gesagt.
- Du hast gesprochen.
- Genau.

Pause.

- Wie heißen sie?
- Sie haben keine Namen.
- Sie haben keine Namen.
- Nein.

Pause.

Du weißt, dass sie keine Namen haben. Wir haben eine Abmachung.

- Ich glaube, wir haben keine Abmachung mehr.
- Wir haben eine Abmachung. Nichts hat sich geändert.
- Alles hat sich geändert. «Nichts hat sich geändert»? **Was?**
- Sie haben keine Namen.
- Angefangen damit, dass ich **hier** bin.
- Nein. Du irrst dich. Du bist nicht hier.
- Ich bin nicht hier?
- Nein.
- Wo bin ich dann?

Pause.

– Ich geh auch auf Zehenspitzen, versprochen. Lass mich einfach auf Zehenspitzen nach oben gehen und sie anschauen. Lass mich nur hören, wie sie atmen. Oder wenn sie wach sind, könnte ich ihnen eine Geschichte erzählen.
– Sie wollen keine Geschichte hören.
– Aber jeder will doch eine Geschichte hören, oder? Ich könnte sagen: Hallo. Ich bin Rebecca. Ich bin das Hausmädchen. Ich erzähle euch jetzt eine Geschichte. Soll ich euch eine Geschichte erzählen?
– Sie wollen keine / Geschichte hören.
– Oh ja, bitte, Rebecca, erzähl uns eine Geschichte. Also, Kinder, es war einmal ein Mädchen, ein aufgewecktes junges Mädchen, und sie war krank, und sie brauchte Medizin. Also ging sie zu einem Doktor –
– Hör mir zu.
– Sie ging zu einem Doktor und sagte, Herr Doktor, Herr Doktor, es tut so weh, ich brauche Medizin. Aber der Doktor wollte ihr keine geben. Er sagte, geh weg – verschwende nicht meine Zeit – ich habe keine Medizin. Aber sie kam wieder und sagte, Herr Doktor, Herr Doktor, es tut wirklich weh, ich brauche Medizin. Und diesmal ging der Doktor zur Tür. Er schloss die Tür ab. Er sagte: Ich muss Ihre Krankengeschichte aufnehmen – machen Sie mal Ihren Arm frei. Da machte sie ihren Arm frei, und der Doktor nahm ihre Krankengeschichte auf. Dann, Kinder, nahm er ein Instrument, um ihr in die Augen zu schauen. Und ein anderes Instrument, um ihr Herz abzuhören. Und als er in ihre Augen geschaut und ihr Herz abgehört hatte, sagte er, sie solle sich ausziehen.

– Rebecca.

– Sie solle sich ausziehen. Und als sie sich ausgezogen hatte, sagte er: Jetzt sehe ich, wie schwer krank Sie sind – Sie brauchen Medizin. Sie sagte: Muss ich sterben, Doktor? Er sagte: Nein, nur sind Ihre Augen sehr dunkel, und Ihre Haut ist sehr blass. Ihre Haut ist so dünn, dass ich das rauschende Blut spüren kann, wenn ich sie mit meinen Lippen berühre. Sie sind krank, sonst nichts. Sie brauchen Medizin. Und so begann die Behandlung.
Und die Behandlung war Wahnsinn, Kinder. Sie konnte zu jeder Tages- und Nachtzeit stattfinden. In jedem Teil der Stadt. In jedem Teil ihres Körpers. Ihr Körper … wurde zur Stadt. Der Doktor lernte, sie auseinander zu falten – wie eine Landkarte.
Bis das aufgeweckte junge Mädchen eines Tages beschloss, dass die Behandlung aufhören musste – denn je mehr Medizin sie nahm, desto mehr brauchte sie davon – und außerdem wollte sie aufs Land ziehen.
Das machte den Doktor aber sehr wütend. Denn er hatte alle Regeln gebrochen – so sah er es –, für sie. Nicht nur die Regeln, wie ihr Kinder sie habt – Schuhe ausziehen, Hände waschen –, sondern erwachsene Regeln. Gesetze. Er hatte all diese Regeln gebrochen – diese Gesetze –, und er war sehr wütend. Er weinte sogar. Du Nutte, sagte er. Du kleine Nutte.
Denn versteht ihr, es hatte ein furchtbares Missverständnis gegeben. Was nämlich das aufgeweckte junge Nuttenmädchen für eine Behandlung gehalten hatte, hielt der Doktor – der natürlich selber krank war – der selber Medizin dringend brauchte – für was? Für etwas Persönliches. Etwas Menschliches. Und deshalb / folgte er ihr.

– Hör zu, hör zu, hör zu. Rebecca. Wir / dürfen nicht –

– Er folgte ihr. Er brachte seine / **Familie** mit.
– Wir / dürfen nicht –
– Okay. Gut. Ja. Sag mir, was / wir nicht dürfen.
– Denn es gibt eine Grenze – nicht was wir dürfen – aber begreifst du nicht, es gibt eine Grenze, wie weit wir …
– Eine Grenze?
– … wie weit wir – eine Grenze, ja – sinnvollerweise – heute Nacht – begreifst du nicht – wie weit wir …
– Wie weit wir hoffen können, dass wir kommen.
– Ja. Nein. Nein. Wie weit wir … wie weit wir beide … / darüber **sprechen** können.
– Mit Worten kommen können.
– Ja, wie weit wir – genau – mit Worten / kommen können.
– Weißt du, das glaube ich nicht. Ich finde das so dermaßen / unehrlich.
– Ich meine, heute Nacht, heute Nacht, wo wir beide …
– **Ich** bin nicht müde.
– … wo wir beide – genau – müde sind – so müde, dass wir / nicht klar denken können.
– Weil ich mich weigere, das zu glauben. Es gibt keine Grenze, wie weit man über etwas sprechen kann, nur eine Grenze, wie weit wir bereit sind, ehrlich zu sein. **Ich** bin nicht müde. **Ich** / kann denken.
– Ich aber. Du hast geschlafen. Ich habe gearbeitet. Ich bin / gefahren.
– Dann sag mir doch, was wir deiner Meinung nach / nicht sagen können.
– Ich habe gearbeitet. Ich bin nicht bereit dafür, dieses / Gespräch zu führen.
– Nicht bereit? Sag's mir doch einfach.
– Was soll ich dir sagen?

- Sag mir einfach, was wir deiner Meinung nach nicht sagen können.
- Wie soll ich dir sagen, was ich nicht – **wie** bitte? – sagen kann? **Was?**
- Genau. Ja genau. Weil, das **gibt** es / einfach nicht.
- (leise) Ich hätte dich auf dem Scheiß-Feldweg liegen lassen sollen.
- Was?
- Ich hätte dich auf dem Scheiß-Feldweg liegen lassen sollen.
- Liegen lassen?
- Ist doch wahr. Dort **liegen lassen** sollen.
- Als wär ich tot, meinst du?
- Ich meine – ja – als wärst du tot.

Pause.
Rebecca fängt an zu lachen.

- Weißt du, dass sie dachte, ich hätte dir ein Zeichen gegeben? (kurze Pause) Deine Frau. Sie dachte, ich hätte dir «ein Zeichen» gegeben. Sie wollte sich für dich entschuldigen. Ist das nicht klasse? (kurze Pause) Sie ist übrigens ziemlich attraktiv. Warum hast du immer erzählt, sie wäre unattraktiv? So sehr, dass du das Licht ausmachen musstest? (kurze Pause) Du / hast mich angelogen.
- Du hast mit ihr gesprochen.
- Du hast mich angelogen. Was? Ja. Ja, klar hab ich mit ihr gesprochen. (kurze Pause) Oh, keine Sorge. Sie ist weg. Schon vor einer Weile. Sie hat die Kinder genommen und ist verschwunden. (kurze Pause) Sie waren so schläfrig. Und wie sie sie eingepackt hat. Mein Gott, wie sie sie weggeschleppt hat.

Pause.
Sie rühren sich nicht.

Tu mir nicht weh.
– Ich tu dir nicht weh.

Pause.
Er schaut sie an.

– **Dann guck mich nicht an.**
– **Ich guck dich nicht an.**
– **Dann guck mich nicht an.**

Sie starren einander an.

(… Schere)

V

Zwei Monate später.
Sonntagmorgen. Derselbe Raum, aber verwandelt im Tageslicht.
Ein großes Fenster mit Blick in die Landschaft.
Corinne öffnet Umschläge. Sie holt die Karten heraus, liest sie, legt sie auf einen Stapel.
Richard kommt mit einem Glas Wasser herein, als sie gerade die letzte Karte aufmacht – seine –, weshalb sie sich umdreht und sagt:

– Danke schön.
– Gefällt sie dir?
– Meinst du das **ernst**?
– Ob ich … was? … meine? Wie bitte?
– (lacht) Das hier. **Das.**
– Na ja, ich bin Arzt, ich bin kein … ich bilde mir nicht ein, ich wäre ein … / **Schriftsteller.**
– Was du geschrieben hast. Aber was du hier geschrieben hast – meinst du das ernst?
– Ja. Ja, tu ich. Natürlich meine ich ernst, was / ich geschrieben habe.
– Danke schön.
– Was?
– **Danke** schön.
– Das ist ein Versprechen.
– Wirst du es halten?
– Was?
– Ich sagte, wirst du / es halten?
– Ich halte es. Du **weißt**, dass ich es halte.

– Dass du dich sauber hältst.
– Dass ich mich – ja – äußerst sauber halte.

Beide lächeln. Sie nimmt das Glas Wasser von ihm. Pause. Dann trinkt sie einen Schluck.

Wie ist das Wasser?
– Wie das Wasser ist?
– Ja.
– Köstlich. Kalt. Warum?
– Wonach schmeckt es?
– Schmecken? Nach nichts.
– Wirklich?
– Warum? Wonach sollte es / schmecken?
– Du hast doch immer gefunden, dass es nach etwas schmeckte. Als wir erst kurz hier waren. Es hat dich beunruhigt.
– (lacht) Was hat mich beunruhigt?
– (lacht) Der Geschmack des Wassers. Der Geschmack des Wassers hat dich beunruhigt.
– Der Geschmack des Wassers hat mich beunruhigt? Wonach hat es geschmeckt?
– Es hat nach gar nichts geschmeckt.
– Warum hat es mich dann beunruhigt? Jetzt beunruhigt es mich nicht.
– Gut.
– Dich etwa?
– Es hat mich nie beunruhigt. Soll ich dir mehr holen?
– Was?
– Soll ich dir mehr / Wasser holen?
– Ich hab ja noch das hier zu trinken.

Sie trinkt das restliche Wasser. Er nimmt das Glas. Sie fängt an zu lachen.

- Was? Was ist los? Was?
- Na ja, du bist so …
- Ach ja? Was?
- So … zugewandt.
- Wirklich?
- Ja.
- Zugewandt.
- Ja.
- Was soll das heißen?
- Weißt du nicht, was / das heißt?
- Na, dann sag mir doch, was es heißt. Nein, weiß ich nicht. Ich hab / keine Ahnung.
- Zuwendung. Es heißt Zuwendung.
- Aha.
- Glaubst du mir nicht? (kurze Pause. Beide lachen.) Warum guckst du mich so an? Glaubst du / mir nicht?
- Nein, für mich klingt es nur so, warum klingt es für mich nur, weil, für mich klingt es so, als hätte es was mit Sex zu tun.
- Sex? Nein. Überhaupt nichts zu tun / mit Sex.
- Mit bezahltem Sex. Seiner Mätresse Zuwendungen zukommen lassen.
- Nein, «Zuwendung» in einem anderen Sinn. Wenn man zuvorkommend ist. Du meinst finanzielle / Zuwendungen.
- Ach so, wie Subventionen.
- Aber ich meine keine finanziellen Zuwendungen. Ich meine, du verhältst dich sehr zugewandt. Aber jetzt bist du mir zu gewandt.

Beide lachen.

- Aber es ist doch nicht falsch, oder?
- Was? Für Sex zu bezahlen?
- Zuwendung. Es ist doch nicht falsch, wenn ich zugewandt bin.
- Wem zugewandt?
- Dir.
- Weiß ich nicht.
- Weißt du nicht? Du findest es falsch?
- Weiß ich nicht.

Pause. Sie fingert mit den Karten herum, schaut auf, lächelt.

Nein – na / türlich nicht.
- Du solltest deine Karten auf den Tisch legen.
- Was? Das will ich gar nicht.
- Ja. Bau sie auf. Bau sie alle auf. Stell sie / in eine Reihe.
- Das will ich gar nicht. Da fühle ich mich bloß alt.
- Aber du bist nicht alt.
- (schwaches Lachen) Warum guckst du mich dauernd / so an?
- Alt? Du bist nicht alt. Ich gucke dich an – falls ich dich tatsächlich «angucke» – genau deshalb, weil du nicht alt bist. Du siehst – du siehst immer noch wie ein Mädchen aus.
- (lacht) Was für ein «Mädchen»?
- (lacht) **Wie** ein Mädchen. Nicht ein **bestimmtes** Mädchen. Wie / ein Mädchen.
- (lacht) Ich will aber nicht wie ein Mädchen aussehen.

Was, wenn ich gar nicht wie ein Mädchen aussehen will? Wo gehst du hin?
- Ich hole was.
- Ich will kein Wasser mehr.
- Das hole ich gar nicht.
- Was holst du dann?
- (scherzhaft) Ha-**ha**.

Er geht hinaus, nimmt das leere Glas mit. Sie schaut die Karten durch.

- Weißt du, was ich gedacht habe – ich hab nämlich die hier aufgemacht und gedacht, wie schön, wenn jemand gestorben wäre und ein großer Scheck käme.
- (aus dem Off) Ein was?
- Ein Scheck. Ein großer Scheck.
- (aus dem Off) Wen kennst du denn, der gestorben sein könnte?
- Jeder, den ich kenne, könnte sterben. Menschen sterben nun mal. Meine Eltern. Meine Eltern sind das beste Beispiel für Menschen, die / sterben könnten.
- (aus dem Off) Deine Eltern – tut mir sehr Leid – aber deine Eltern sind nicht / kurz vorm Sterben.
- Am liebsten wäre mir, meine Eltern wären gegen eine Bergflanke in Südamerika geprallt, und es gäbe keine Überlebenden. Das wäre schmerzlos, und sie würden mir keine Karten mit Pudeln mehr schicken, / Jahr für Jahr.
- (aus dem Off) So was sagt man nicht.
- Ich kann nicht Pudel sagen? Was machst du eigentlich / dadrinnen?
- (aus dem Off) So was sagt man nicht über / seine Eltern.
- Ich kann sagen, was ich will, über / meine Eltern.

– (aus dem Off) Du hast doch Geld. Du brauchst kein Geld. Du lebst in einem großen Haus / auf dem Land …

– Kein richtiges Geld. Nicht so viel Geld, wie manche / Leute haben.

– (aus dem Off) , [illegible] und deine Eltern haben gar keins. Falls sie sterben sollten – und zwar garantiert nach einem langen Todeskampf –

– (lacht) Lass.

– (aus dem Off) Ja. Nach dem allergrässlichsten – wie ich sie kenne – (er taucht wieder auf, mit einem Päckchen) – Todeskampf, absichtlich. Dann würdest du gar nichts kriegen.

– Eine Rechnung wahrscheinlich.

– Allerdings, du würdest – ja – eine Rechnung kriegen.

– Eine dicke Rechnung.

– Und hättest gar nichts mehr.

– Weniger als gar nichts.

– Nur noch die Erinnerung an ihren Todeskampf.

– Lass.

– Du hättest nur noch die Erinnerung an ihren Todeskampf und eine Rechnung für die Rückführung ihrer sterblichen Überreste. Von sonst wo.

– Ich weiß.

– Aus Chile.

– Lass.

– Oder Peru.

– (lächelt) Was ist das?

– Das ist für dich. Ein Geschenk.

– Ich brauche kein Geschenk.

– Natürlich brauchst du ein Geschenk. Mach's auf.

– Was ist das?

– Mach's auf.

Pause. Sie fängt an, es auszupacken.
Im Geschenkpapier ist eine Pappschachtel. In der Schachtel ist ein Paar Schuhe. Die Schuhe wirken ziemlich nüchtern und elegant, aber sie haben zugleich etwas Irritierendes an sich – und das wird vielleicht erst deutlich, wenn Corinne sie anzieht. Vielleicht sind sie etwas zu hoch für sie, beispielsweise.

– Danke schön.
– Magst du sie?
– Sie sehen sehr teuer aus.
– Sie sind sehr teuer. Zieh sie an.

Sie zieht sie an.

– Woher wusstest du meine Größe?
– Ich wusste deine Größe nicht. Ich habe einen Schuh mitgenommen.
– Du hast einen Schuh mitgenommen?
– Ich habe einen Schuh mitgenommen – ja – ins Schuhgeschäft.

Sie steht auf.

– Wie der Prinz.
– Was?
– Wie / der Prinz.
– Stimmt. Im Märchen. Wie fühlen sie sich an?
– Ich weiß nicht.
– Sind sie nicht bequem?
– Doch, sehr.
– Also, was meinst du?

– Ich müsste mal darin gehen.
– Dann geh doch mal darin.

Sie geht. Sie dreht sich um. Sie lächelt.

– Und?
– Du siehst … verwandelt aus.
– (lacht) Verwandelt? In was?
– Magst du sie nicht?
– Komisch.
– Was ist komisch?
– Sachen geschenkt zu kriegen.
– Es ist normal, Sachen geschenkt zu kriegen.
– Ja.
– Es ist vollkommen normal, Sachen geschenkt zu kriegen, Corinne.
– Ja. Wirklich?
– Aber natürlich. Das weißt du auch. Sie stehen dir.
– Wirklich?
– Sehr. Du siehst ganz anders aus.
– Willst du das denn?
– Was? Ja. Nein. Ich will nur, dass du glücklich bist.
– Ich bin glücklich.
– Mehr will ich nicht.
– Ich bin glücklich.

Kurze Pause. Sie geht erneut ein Stück in den Schuhen, dreht sich um und lächelt.

– Ich kann sie zurückbringen. Ich kann sie umtauschen. Du kannst sie umtauschen. Wir können zusammen hingehen und / sie umtauschen.

– Tu das nicht. Warum denn?

Das Telefon.

– Du magst sie nicht.
– Ich mag sie sogar sehr. Wirklich. Danke schön. (Sie geht an den Apparat.) Hallo? Sophie. Hi. Guten Morgen. Wie geht's ihnen? Haben sie geschlafen?
(lacht) Wirklich? Wirklich? Das ist ja wunderbar.
Nein, ein Geschenk, es ist ein richtiges Geburtstagsgeschenk. Sie sind so –
Nein, Sie sind wirklich immer so nett zu uns.
Na ja … Richard hat mir Frühstück gemacht … Ja, und dann habe ich meine Karten aufgemacht … Ja, und dann habe ich mein Geschenk aufgemacht.
Schuhe. Er hat mir ein Paar Schuhe geschenkt.
Ja. Wunderschön. Ich habe sie gerade an. Offenbar sehe ich verwandelt aus.
Ich weiß nicht. Ich fühle mich darin ziemlich …
– (küsst ihren Nacken) Dekadent.
– (Was?)
– Dekadent. Du fühlst dich / dekadent.
– (lacht) Er sagt, ich sei dekadent. (Hör auf. Ich rede gerade mit Sophie.)
– Total dekadent.
– Nichts. Tut mir Leid. Er ist bloß gerade ein bisschen (Du lenkst mich ab. Hör auf.) Er ist bloß gerade ein bisschen … er hält mich vom / Reden ab.
– (geht etwas auf Abstand) Frag sie, ob sie das Geld gefunden hat.
– Ganz typisch, leider. (Was?) Entschuldigen Sie, Sophie. (Was?)

– Ob sie das Geld gefunden hat.
– (Welches Geld?) Hallo? Ja. Nichts, nur / Richard, er –
– Das Geld, das ich in die Tasse gelegt habe.
– Er fragt mich, ob Sie das Geld gefunden haben, das er / in die Tasse gelegt hat.
– Ich hab etwas Geld – sonst nichts – in die Tasse gelegt.
– (Sie sagt, das wäre doch nicht nötig gewesen.) Aber **natürlich** sollen Sie bezahlt werden.
– Ich hab mich nur gefragt, ob sie es / gefunden hat.
– Ein Fehler? Was für ein Fehler?

Während Sophie das erklärt, beugt sich Corinne vor und streift die Schuhe ab.

Hm-hm … Hm-hm … Wirklich? Tja, wenn er Ihnen das gegeben hat, dann ist es wohl auch das, was er Ihnen / geben wollte.
– Ich war in Spendierlaune. Ich dachte, vielleicht würde sie gern losgehen und / sich was kaufen.
– (lacht) Bestimmt wollte er Sie nicht **erschrecken** – er war bloß in Spendierlaune.
– Sie erschrecken? Natürlich wollte ich sie nicht / erschrecken.
– **Natürlich** sollen Sie es behalten. So war es **gedacht**.
– Sie muss es behalten.
– Sie müssen es behalten, Sophie. Gut: Sagen Sie ihnen bitte, dass Mama –
Genau: sagen Sie ihnen, dass Mama und Papa …
– Sie nach dem Tee abholen.
– Sie … ganz doll vermissen und sie nach dem Tee abholen. Schön.
Danke, Sophie. (legt auf) Warum hast du ihr so viel Geld

gegeben. Sie sagte, sie hätte einen Riesenschrecken gekriegt.

– Wovor?
– Vor dem vielen Geld.
– Vor mir?
– Nein. Vor dem vielen Geld. Nicht vor dir. Sie mag dich.
– Woran merkst du das?
– Das merkt man einfach. Ihre Stimme verändert sich.
– Was meinst du damit: sie mag mich?
– Ich meine ganz einfach, dass sie dich mag. Ihre Stimme verändert sich, wenn sie / deinen Namen sagt.
– Du meinst, ich flirte mit ihr?
– Ich meine, sie flirtet mit **uns**. Nimmt unsere Kinder. Schrubbt unsere Böden. Verlangt nichts dafür.
– Weil sie uns verachtet. Weil sie dich und mich und alles, wofür wir stehen, verachtet.
– Dann hat sie aber eine sehr seltsame Art, das zu zeigen, und ich glaube nicht, dass wir für irgendwas «stehen». Menschen «stehen» doch nicht für irgendwas, sie …
– Menschen stehen nicht für / irgendwas.
– … existieren.
– Was?
– Sie existieren, sie existieren einfach. Vielleicht meinst du eher, dass du dich **selber** verachtest.
– (lacht) Warum sollte ich mich selber verachten?
– (lacht) Tja, was weiß **ich**? Ich weiß nicht, warum du dich selber verachten solltest. Gut, sie ist arm, aber sie hat ein Haus, sie hat ein …
– Telefon.
– Ein Telefon, einen Herd … Warum muss ich da irgendetwas **fühlen**? Erwarte bitte nicht von mir, dass ich / irgendetwas **fühle**.

– Ich erwarte nicht von dir, dass du irgendetwas fühlst.
– Tu ich nämlich auch nicht. Kann ich nicht.

Schweigen.

– Weißt du, was ich gedacht habe: ich habe gedacht, wir könnten vielleicht was ändern am …
– Woran?
– Am Plan – am Bauplan des Hauses. Ich habe an oben gedacht, vor allem / an oben.
– Was hast du gegen oben? Ich mag es oben. Ich mag dieses Haus. Ich will nichts / daran ändern.
– Ich sage ja nicht, dass ich dieses Haus nicht mag, ich sage nur, vielleicht könnten wir ein, zwei Dinge ändern.
– Oben.
– Ja. Na ja – weil, jetzt ist die Anordnung / nicht logisch.
– Von wem ist die Idee?
– Wie bitte?
– Warum ist sie nicht logisch? Warum soll sie / logisch sein?
– Von wem die **Idee** ist? Von niemand. Von mir. Meine Idee.
– Von Morris? Ist es Morris' Idee?
– Unser Haus zu verändern? Morris?
– (lacht) Ja. Bei seiner / Sucht nach Kontrolle.
– (lacht) Natürlich nicht. Was hast du gesagt?
– (lacht) Bei seiner Sucht – ja – nach Kontrolle.
– Seiner Sucht.
– Ja. Ist dir doch bestimmt schon aufgefallen. Sag jetzt nicht, die wäre dir nach all der Zeit noch nicht aufgefallen, seine Sucht / nach Kontrolle.
– Seine Sucht nach Kontrolle? Hör mal, ich rede nur davon,

ein, zwei Dinge oben zu verändern, sonst nichts. Den oberen Grundriss. Was absolut überhaupt nichts, da kann ich dich beruhigen, mit Morris zu tun hat. Morris ist sehr gut zu uns gewesen.

- Natürlich.
- Zu uns beiden.
- Ja. Er hat gelogen.
- Er hat meine Einschätzung verteidigt. Er hat nicht / **gelogen.**
- Genau. Er hat gelogen. Du hast einen Mann sterben lassen, und Morris hat für dich gelogen.

Pause. Corinne fängt an zu lachen.

- (lächelt) Was?
- Oh Gott, ich dachte schon, du hättest deinen Sinn für Humor verloren. Ich dachte, oje, jetzt hat er seinen berühmten Sinn für Humor doch noch verloren.
- Dabei hast du dich geirrt.
- Dabei habe ich mich geirrt.
- Dabei hat mein berühmter Sinn für Humor / unbeschadet überlebt.
- Allerdings. Dein berühmter Sinn für Humor hat – erstaunlicherweise – unbeschadet / überlebt.
- Also. Hör zu. Was machen wir? Sollen wir was unternehmen?
- Was?
- Was unternehmen. Irgendwo hinfahren. Komm, wir holen die Landkarte.
- Okay.
- Wir könnten am Wall spazieren gehen. Wir könnten picknicken.

– Okay.
– Weil, wir leben auf dem Land, und wir sind nie …
– Ich weiß.
– Wir sind nie …
– Genau. Du hast Recht.
– … wir haben so was …
– Stimmt.
– … nie gemacht.
– Am Wall.
– Der Wall. Die Burg.
– Du meinst, am Wall spazieren gehen.
– Am Wall spazieren gehen. Die Burg besichtigen. Warum sind wir nie am / Wall spazieren gegangen?
– Sind wir wirklich nie am Wall spazieren gegangen?
– Nie.
– Dann könnte ich ja meine Schuhe anziehen.
– Was?
– Ich könnte meine Schuhe anziehen.
– Das glaube ich kaum.
– Ach, glaubst du kaum?
– Es ist nass.
– Ach ja?
– Es hat geregnet.
– Ach ja?

Pause.

– Ist irgendwas los?
– Nein, nichts ist los.
– Komm, dann gehen wir raus.
– Ich war schon draußen.
– Das glaube ich kaum.

- Ich glaube schon.
- Wann war das?
- Gestern Abend. Ich habe einen Ausflug gemacht.
- Was für einen Ausflug?
- Du hast die Kinder zu Sophie gebracht, und ich habe einen Ausflug gemacht, sonst nichts.
- Das hast du mir gar nicht erzählt.
- Oh, hab ich dir das / gar nicht erzählt?
- Was für einen Ausflug?

Pause.

Was für einen Ausflug?

- Warum?
- Ich wüsste es gern.
- Du wüsstest gern, was ich mit meinem Abend angefangen habe.
- Also ja – ja, ich wüsste gern, was du mit deinem / Abend angefangen hast.
- Du warst weg. Ich habe abgeschlossen. Ich bin durch den Vorgarten gegangen. Ich bin in mein Auto gestiegen. Ich habe den Spiegel verstellt. Ich habe mich angeschaut.

Pause.

- Wie hast du ausgesehen?
- Wie eine Komplizin.
- Zeig mal.
- (lächelt) Was?
- Zeig mal, wie du ausgesehen hast.
- Ich habe wie eine Komplizin ausgesehen.
- Zeig mal.

Sie schaut nach unten – will es offenbar versuchen – lacht aber dann.

- Ich kann nicht.
- Schaffst du es nicht?
- Nicht, wenn ich es nicht fühle.
- Ach, du fühlst es nicht?
- Nein. Wie eine Komplizin? Nein. Warum / sollte ich?
- Aber warum hast du den Spiegel verstellt? Erzähl mal.
- Ach, zum Rückwärtsfahren. Ich musste rückwärts hinausfahren – oder nein – musste ich nicht – aber ich hab's getan – bin rückwärts hinausgefahren. Das Rückwärtsfahren habe ich wahnsinnig genossen. Das Haus zu beobachten, wie es immer kleiner wurde, habe ich wahnsinnig genossen. Es wurde so schnell so klein. Ich war schon rückwärts auf der Straße, bevor ich es richtig bemerkt hatte, und das Haus lächelte durch die Bäume zurück.

Pause.

- Das heißt, **du** hast gelächelt.
- Na ja – muss ich wohl. (Sie lächelt.) Wahrscheinlich, weil der Abend so perfekt war. So hell.
- Du meinst, die Sonne dachte noch gar nicht daran unterzugehen.
- Die Sonne – stimmt – dachte noch gar nicht daran unterzugehen, und der Mond stand schon am Himmel. Er war gesprenkelt – das wird dich amüsieren – wie ein Ei.
- Was für ein Ei?
- Wie ein graues Ei.
- Was für ein Ei?

- Na, ein Vogelei / logischerweise.
- Und dann bist du losgefahren.
- Was?
- Und dann bist du / losgefahren.
- Und dann bin ich – ja, logisch – vom Haus weggefahren. Beim Wegweiser bin ich rechts abgebogen, und die Straße war so unglaublich lang und gerade, dass ich gleich wusste, die muss alt sein. Ich wusste, die hat nichts mit mir zu tun, diese Straße, diese alte Landstraße. Es gefiel mir eigentlich nicht, dass sie so alt war. Es gefiel mir eigentlich nicht, dass sie so gerade war. Denn schließlich war ich ja aufgebrochen, um ziellos herumzufahren, und jetzt – na ja – du kannst es dir vorstellen – jetzt wurde ich von dieser Straße eingeschränkt. Deshalb war ich froh, als sie endete. Sie hörte an einem Graben auf. Kein Schild – bloß ein Graben.

Pause.

- Und das war das Ende deines kleinen Ausflugs. Das hast du mit deinem Abend angefangen. Bist zu einem Graben gefahren.
- Was? Nein. Ich bin ausgestiegen – oh nein, mein Ausflug fing gerade erst an – ich bin ausgestiegen und über den Graben gesprungen.
- (lacht) Du bist über den Graben gesprungen.
- (lacht) Ja. Wie eine Verrückte. Und ich bin den Hügel hochgerannt. Du hättest mich sehen sollen, wie ich diesen Hügel hochgerannt bin. Ich dachte: So ohne Grund bin ich nicht mehr gerannt, seit ich ein Mädchen war. Alles flatterte nur so – meine Haare … meine Kleidung …

– Du warst nicht passend angezogen fürs Land.
– Nein. Ich war denkbar ungeschickt angezogen fürs Land. Mein Kleid flatterte um meine Beine wie eine Fahne, und ich wusste, ich hätte zum Auto zurückgehen sollen, aber ich wusste, ich würde nicht zum Auto zurückgehen.
– Warum wolltest du nicht zum Auto zurück?
– WEIL ICH NICHT ZUM AUTO ZURÜCKWOLLTE. (ruhig) Ich wollte nicht zum Auto zurück, nicht jetzt, wo ich den Weg entdeckt hatte.
Der war gar nicht so, wie ich ihn mir vorgestellt hatte, nicht der harte, dünne Trampelpfad für Schafe oder Ziegen, den ich mir vorgestellt hatte. Nein, er war ... breit und mit Schiefersplittern übersät. Ich glaube jedenfalls, dass es Schiefer war. Es machte beim Gehen ein Geräusch, eine Art Klirren. Und dann wurde mir klar, während ich über den Schiefer hinwegschlitterte und -klirrte, dass da nichts Menschliches war.
Na ja, **ich** war natürlich da. **Ich** war menschlich, aber sonst nichts. Ich sah mich nach Menschendingen um. Weil ich dachte, vielleicht sehe ich ja – weißt du – ein Stück Draht oder eine gebrauchte Patrone, wo der obere Teil abgeflogen ist. Ich dachte, vielleicht sehe ich eine Plastiktüte in einer Hecke hängen. Aber es gab keine Hecke. Ich dachte, vielleicht sehe ich eine Nadel oder ein Stück Ziegelstein. Ich sehnte mich danach – weißt du –, etwas Menschliches zu sehen wie eine Nadel oder ein Stück Ziegel, irgendwo unter dem Schiefer. Oder zu hören – wenigstens etwas anderes Menschliches zu hören außer mir selbst. Außer meinen Füßen. Außer meinem Herzen. Ein Flugzeug. Oder schreiende Kinder. Aber da war nichts. Nicht mal mehr ein Weg. Denn der Weg – genau wie die

Straße – hörte auf. Oder vielmehr … was machte er? … er «verlief».

Der Weg – genau – verlief, und jetzt waren da nur noch … Klumpen. Das hieß natürlich steigen – obwohl ich nicht gemusst hätte –, aber von einem Klumpen zum nächsten steigen. Du hättest mich sehen sollen, wie ich von einem Klumpen zum nächsten stieg, wie ein Kind, bis ich den Stein erreichte. Na ja, ich sage «Stein» dazu, aber der Stein hatte Armlehnen, wie ein Sessel. Man konnte sich also … in den Stein setzen. Man konnte seine Arme auf die Arme des Steins legen und aus dem Stein heraus übers Land schauen.

Pause.

– Und, wie war das Land?
– Ach, das Land war herrlich. Aber der Stein war kalt. Ich glaube, der ist nie von der Sonne gewärmt worden. Ich hatte Angst, er könnte an meiner Haut kleben bleiben, wie Eis. Und dann tauchte Morris auf.
– Morris? Was wollte der denn?
– Ja, das habe ich auch gesagt. Ich hab gesagt: «Was ist los, Morris? Was willst du?» Er sagte: «Ich folge dir seit Stunden. Hast du nicht gehört, wie ich dich gerufen habe? Du hast das hier fallen lassen.»
– Was fallen lassen?
– Ja, das habe ich auch gesagt. Ich hab gesagt: «Was fallen lassen, Morris? Was genau habe ich fallen lassen?» «Deine Armbanduhr natürlich», sagte er. Und er ließ sie an ihrem goldenen Armband vor meinem Gesicht baumeln, ich konnte jede ihrer Feinheiten gut erkennen. Ich sagte: «Du irrst dich leider. Die ist sehr schön, aber sie gehört mir

nicht. Sie ist sehr zierlich, gehört mir aber nicht.» Und da fiel mir auf – das wird dich amüsieren –, dass der Stein angefangen hatte, mein Herz zu fressen.

Pause.

- Ach wirklich?
- Der Stein hatte angefangen, mein Herz zu fressen. Ja. Warum? Überrascht dich das? Ich sagte zu Morris: «Morris. Hilf mir. Dieser Stein frisst mein Herz.» Nur dass ich es nicht so sagte, nicht so leise. Ich sagte es wie eine Verrückte. Und deshalb, vermute ich, packte er mich bei den Schultern, um mich zur Ordnung zu rufen. Und als er mich zur Ordnung gerufen hatte, sagte er: «Es ist nur ein Stein. Kein Grund zu kreischen. Wie soll ein Stein das schaffen?» Ich sagte: «Ich weiß es nicht, Morry, ich dachte, vielleicht könntest du mir das sagen.» Er fragte: «Hast du Angst?» Ich sagte: «Ja, Morry, natürlich habe ich Angst. Es scheint, als könnte ich mich nicht bewegen, und dieser Stein frisst mein Herz. Was, wenn mein Herz weg ist, wenn ich von diesem Stein wieder aufstehe? Was, wenn ich den Rest meines Lebens damit verbringen muss, Liebe vorzutäuschen?»

Das Telefon klingelt.

Und Morris sagte: «Ich bin mir sicher, dass du Liebe sehr gut vortäuschen kannst. Ich bin sicher, ihr beide werdet perfekt Liebe vortäuschen.» (schwaches Lachen) Der ist schon ein Original.

- Bin ich das etwa nicht?
- Was nicht?

- Bin ich kein Original?
- Oh doch – bist du – ganz eindeutig ein Original – aber ein völlig anderes Original. Küss mich.

Das Telefon klingelt weiter.

- Ich habe dich geküsst.

Pause.

Ich habe dich geküsst.
- Dann küss mich nochmal.

Keiner von beiden rührt sich. Das Telefon klingelt weiter.

(… Stein)

Angriffe auf Anne (Attempts on Her Life)

Deutsch von Falk Richter

«Keiner wird den wirklichen Gang solcher Ereignisse unmittelbar erfahren, doch jeder wird ein Bild von ihnen erhalten haben.» —— Jean Baudrillard

17 Szenarien für das Theater

1. Alle Nachrichten gelöscht
2. Tragödie der Liebe und Ideologie
3. Der Glaube an uns selbst
4. An alle Haushalte
5. Die Kamera liebt dich
6. Mama und Papa
7. Der neue Anny
8. Teilchenphysik
9. Die Bedrohung durch den internationalen Terrorismus™
10. Irgendwie komisch
11. Ohne Titel (100 Wörter)
12. Seltsam!
13. Kommunikation mit Außerirdischen
14. The Girl Next Door
15. Die Aussage
16. Pornó
17. Ursprünglich tiefgekühlt

Die Uraufführung von Angriffe auf Anne war am 12. März 1997 in einer Produktion der English Stage Company am Royal Court Theatre, London (Regie: Tim Albery). —— Die deutschsprachige Erstaufführung war am 13. März 1998 am Bayerischen Staatsschauspiel / Marstall, München (Regie: Gerhard Willert). —— Dieses Stück ist konzipiert für ein Ensemble, dessen Zusammensetzung die Zusammensetzung der Welt außerhalb des Theaters widerspiegeln sollte. —— Die Worte eines jeden Szenarios – die Dialoge – sollten einer klar erkennbaren Welt – dem Bühnenbild – gegenübergestellt werden, sodass seine Ironie am besten zur Geltung kommt. —— Ein Strich am Anfang eines Satzes zeigt an, dass die Sprecher wechseln. Steht nach einer Pause kein Strich vor dem Text, bedeutet dies, dass dieselbe Figur weiterspricht. —— Ein Schrägstrich (/) markiert den Moment, an dem die Dialoge beginnen, sich zu überlappen.

1. Alle Nachrichten gelöscht

piep

– Anne. (Pause) Ich bin's. (Pause) Ich rufe aus Wien an. (Pause) Nein, entschuldige, ich ruf an aus … Prag. (Pause) Ja, Prag. (Pause) Das muss wohl Prag sein. Na egal, hör zu … (Atmen) Anne … (Atmen) Ich wollte mich entschuldigen. (Atmen) Mir ist klar geworden, wie sehr ich dich verletzt habe, mein süßer kleiner Liebling, und … (Atmen) Ah. Hör zu. Hör zu, da ist jemand in der anderen Leitung, Anne. Ich muss den ganz unbedingt – tut mir Leid – aber ich muss das Gespräch unbedingt annehmen. Ich ruf dich zurück.

«Montag 8 Uhr 53»
piep

– Anne. Hi. Pass auf. Ich hab nicht viel Zeit. Bist du da? Nein? Okay. Hör zu. Es ist so. Worüber wir gesprochen haben? Weißt du noch? Also, wie wär's mit, wie wär's mit, wie wär's, wenn, sagen wir, sagen wir doch, sagen wir einfach ... dass die Bäume Namen haben? Okay? Ganz richtig – die Bäume. Du denkst – ich weiß – du denkst, ich bin verrückt. Aber lass uns doch einfach mal kurz davon ausgehen, ja, dass die Bäume Namen haben? Wie wär's dann, wenn, wenn, wie wäre es, wenn ... **das ihr Baum wäre**. Verstehst du, was ich meine? Anne? Plötzlich wird uns, nun ja, **bewusst**, dass das ihr Baum ist. Mist. Tut mir Leid. Hör zu, ich muss einchecken. Aber denk mal darüber nach. Die

Bäume haben Namen. Und einer davon ist ihrer. Ich muss los.

«Montag 9 Uhr 35»
piep

– (in einer anderen Sprache, z. B. Tschechisch gesprochen) Du weißt, wer hier ist. Du lässt das Ding in einem kleinen Transporter hinter dem Gebäude. Den Wagen kriegst du von Barry. Barry wird dir dann weitere Instruktionen geben.

«Montag 11 Uhr 51»
piep

– … Oh. Hallo? Hier ist Mama …

«Montag 13 Uhr 05»
piep

– … Anne? Hallo? Hier ist Mama. (Pause) Deine Postkarte ist da. (Pause) Sieht sehr schön aus. (Pause) Und das Foto. Bist das wirklich du? (Pause) Prima, dass du schon Freunde gefunden hast und alles. (Pause) Es ist nur so, Anne, so, dass wir dir leider kein Geld schicken können. Ich habe mit Papa gesprochen, und er sagt, nein, auf gar keinen Fall. (Pause)
(Im Hintergrund hört man die Stimme eines Mannes: «Keinen Pfennig mehr. Dass du ihr das klipp und klar sagst.» Mama antwortet: «Ich sag's ihr ja, ich sag's ihr ja.» Dann wieder in den Hörer:)

Es tut mir wirklich Leid, Anne, Liebling, aber wir können das doch nicht bis in alle Ewigkeit tun.
(Wieder die Stimme des Mannes: «Wenn du's ihr nicht sagst, rede ich verdammt nochmal mit ihr.»)
Hör zu, Liebling, ich muss auflegen. Papa lässt dich ganz lieb grüßen. Ja? Gott schütze dich.

«Montag 13 Uhr 06»
piep

– Hallo, hier ist Sally, von Coopers. Wollt nur kurz Bescheid sagen, dass das Fahrzeug jetzt im Ausstellungsraum **steht**. Sie können es abholen. Danke.

«Montag 13 Uhr 32»
piep

– Wir wissen, wo du wohnst, du dreckige Schlampe. Du bist so gut wie tot. Was du verdammt nochmal getan hast. Vergessen wir nicht. (Pause) Du wirst dir noch wünschen, du wärst nie **geboren** worden.

«Montag 14 Uhr 20»
piep

– Anne? Bist du da? Nimm den Hörer ab, Annie. (Pause) Okay ... es ist Viertel nach zehn hier in Minnesota, und wir wollten nur kurz sagen: In unseren Gedanken und Gebeten sind wir bei dir, Annie. Und wir haben dich sehr lieb.

«Montag 16 Uhr 13»
piep

– Anne? Genial. Es ist ergreifend. Es ist hochaktuell. Es ist verstörend. Es ist witzig. Es ist sexy. Es ist bitterernst. Es ist unterhaltsam. Es ist erhellend. Es ist kryptisch. Es ist düster. Lass uns treffen. Ruf mich an.

«Montag 22 Uhr 21»
piep

– Anne. Guten Abend. Ich werd dir erzählen, was ich mit dir mache. Zuerst wirst du mir den Schwanz lutschen. Dann werd ich dich in den Arsch ficken. Mit einer kaputten Flasche. Und das ist nur der Anfang. Du arrogante kleine Fotze.

«Montag 22 Uhr 30»
piep

– Anne?
Nimm den Hörer ab. (Pause) Ich weiß, dass du da bist. (Pause) Es ist doch sinnlos, sich zu verstecken, Anne. Sich verstecken wovor? (Pause) Der Welt? Sich vor der Welt verstecken, Anne? Jetzt **komm** schon. Sei nicht kindisch. Sei nicht kindisch, Anne, und nimm den Hörer ab. (Pause)
Also, was soll das sein? Ein Hilfeschrei? Erzähl mir nicht, dass das ein Hilfeschrei ist. Weil, wie, genau, soll **ich** auf **deinen** Hilfeschrei reagieren? Hm? (Pause)

Und was, wenn du da gerade liegst, Anne, schon tot?
Hm?
Soll ich mir jetzt etwa dieses Szenario vorstellen?
Das Szenario eines toten Körpers, der neben dem Anrufbeantworter verfault? (schwaches Lachen. Pause)
Die, was, die Fliegenlarven, die deine Nachrichten abhören?
Oder, wenn dein Haus zerstört wurde.
Oder, wenn deine **Stadt** zerstört wurde.
Die Flughäfen und die Schuhgeschäfte. Die Theater und die schicken Neonlicht-Cafés, die sich in den verlassenen Lagerhallen bei den verlassenen Kanälen breit gemacht haben. Hm?
(schwaches Lachen) Also, nur die Insektenlarven hören jetzt deine Nachrichten ab. Hören mir zu, Anne, während sie sich durch deine Überreste graben.

(Pause)

Ich werde langsam morbide, Anne.
Ich finde, du solltest den Hörer abnehmen und mich zum Lächeln bringen, mich wieder zum Lächeln bringen wie früher, Anne.
Ich weiß, dass du da bist.
Ich weiß, dass du da bist, Anne. Und ich weiß, wenn ich etwas Geduld habe, wirst du mir antworten.

(Pause)

Du wirst mir doch antworten, oder, Anne.

«Dienstag 00 Uhr 19

Dies war Ihre letzte Nachricht.
Um alle Nachrichten zu speichern, drücken Sie die EINS.

(Pause)

Alle Nachrichten gelöscht.»

2. Tragödie der Liebe und Ideologie

- Sommer. Ein Fluss. Europa. Das sind die Grundelemente.
- Und ein Fluss, der hindurchfließt.
- Ein Fluss, genau, der durch eine große Stadt in Europa fließt, und ein Paar am Ufer des Wassers. Das sind die Grundelemente.
- Die Frau?
- Jung und schön natürlich.
- Der Mann?
- Älter, beunruhigt, sensibel natürlich.
- Ein natürlich sensibler Mann, aber trotzdem ein Mann mit Macht und Autorität, der weiß, dass dies falsch ist.
- Sie wissen beide, dass es falsch ist.
- Sie wissen beide, dass es falsch ist, aber sie können / nicht anders. Genau.
- Sie schlafen miteinander im Apartment des Mannes.
- Sie tun was?
- Schlafen miteinander. Schlafen miteinander im Apartment des Mannes. Ein Luxusapartment natürlich, mit Blick über die gesamte Stadt. Das sind die / Grundelemente.
- Ein Panorama der gesamten Stadt. Die bezaubernde Geometrie der Dächer. Die Giebelfenster und die malerischen Schornsteine. Und hinter den Fernsehantennen die Monumente der Kulturgeschichte: der Dom von Florenz und die Grande Arche von La Défense, Nelson's Column und das Brandenburger Tor, / um nur vier zu nennen.
- Die Frau – Anne – schreit auf. Ihr goldenes Haar ergießt sich über den Rand des Bettes. Sie krallt sich am Bettrahmen fest. Ihre Knöchel werden weiß. Tränen / in ihren Augen.
- Das Apartment ist wunderschön eingerichtet.

– Ja, selbstverständlich ist das Apartment wunderschön eingerichtet. Selbstverständlich hat es hohe Decken und hohe Fenster und stammt aller Wahrscheinlichkeit nach stammt es aus dem Ende des neunzehnten Jahrhunderts, als der Aufstieg der Bauspekulanten einherging mit den Bestrebungen einer liberalen Bourgeoisie, monumentale architektonische Projekte zu verwirklichen, wie zum Beispiel ich denke da im Besonderen ich denke da jetzt an die Ringstraße in Wien, die einen enormen Eindruck auf den jungen Adolf Hitler machte, als er eines Morgens / vor der Oper stand.
– Oder einer der prächtigen, von Bäumen gesäumten Boulevards / in Paris.
– Oder einer der prächtigen, genau, von Bäumen gesäumten Boulevards / in Paris.
– Und inzwischen, wie schon gesagt, ergießt sich ihr goldenes Haar über den Rand des Bettes. Sie krallt sich am Rahmen fest. Ihre Knöchel werden weiß, und ihre Pupillen weiten sich, während er –
– Sagen wir: grunzt.
– Grunzt?
– Sagen wir: grunzt, ja, aber sensibel. Sagen wir, es ist das sensible Grunzen eines attraktiven Mannes mit Macht und Autorität, nicht das ordinäre Schweinegegrunze eines Mechanikers beispielsweise, der eingezwängt auf dem Rücken liegt und versucht eine verkantete 16er-Mutter mit einem viel zu schweren Franzosen zu lockern.
– Auf gar keinen Fall.
– Auf gar keinen Fall, sondern das souveräne Grunzen eines Mannes, der auf dem einen Kontinent frühstückt und auf dem anderen zu Mittag isst, der erster Klasse fliegt mit Leinenserviette und umfangreicher Weinkarte.

- Diese Art Mann.
- Diese Art Grunzen.
- Diese Art Licht.
- Welche Art Licht?
- Die Art Licht, das hineinströmt. Es strömt hinein durch die hohen Fenster und verwandelt ihre Körper in eine Art goldene Masse.
- Eine sich windende Masse.
- Das Licht, die goldene Masse, das sind die / Grundelemente
- Doch jetzt verändert ein Blick ihr Gesicht.
- Ein was?
- Ein Blick.
- Ein Zweifel.
- Ein Blick des Zweifels, ja, gut, verändert Annes Gesicht.
- Selbst jetzt.
- Selbst jetzt, auf dem / Höhepunkt ihrer Leidenschaft.
- Selbst jetzt, auf dem Höhepunkt ihrer Leidenschaft, verändert eine Art Schatten ihr Gesicht.
- Ein vorwarnender Schatten.
- Vorwarnend?
- Ein vorwarnender Schatten, ja, verändert ihr Gesicht.
- Ist das ein Wort?
- Ist was ein Wort?

Pause.

Also, ja, natürlich ist vorwarnend / ein Wort.

- Später. Nacht.
- Die Lichter der Stadt bei Nacht. Lichterketten, wie Sterne über die Quais und Brückenbögen gespannt. Vereinzelt pulsieren mattrote Warnleuchten auf den Hochhäusern

und Fernsehtürmen. Der Mann am Telefon. Seine gedämpfte Stimme. Seine beunruhigten Blicke.

- Anne wird wach in dem massiven Nussbaumbett, hört seine leise männliche Stimme im Nachbarzimmer. Neben ihr schlägt die erlesene Louis-quatorze-Uhr drei, indem ein winzig kleiner, nackter vergoldeter Hirte gegen eine winzig kleine goldene Glocke schlägt, die ein emaillierter Wolf in den Fängen hält, ohne Zweifel der Verweis auf einen antiken Mythos, dem französischen Adel des siebzehnten Jahrhunderts sehr wohl vertraut, jetzt aber völlig aus dem menschlichen Bewusstsein gelöscht.
- Ting ting ting.

Pause.

- Drei Uhr nachts. Anne wird wach. Hört die Stimme. Zündet eine Zigarette an. Erscheint im Türrahmen. Dialog.
- Wer war das, sagt sie.
- Nichts, sagt er.
- Wer zum Teufel war das, sagt sie. Dialogende.
- Und jetzt ist sie wütend – genau: Dialogende – und jetzt ist sie wütend. Sie ist wütend, weil sie genau weiß, wer es ist.
- Seine politischen Auftraggeber, / die ihn anrufen.
- Seine politischen Auftraggeber, stimmt, die ihn anrufen. So wie sie ihn immer angerufen haben. Dieselben politischen Auftraggeber, die sie mit jeder Faser ihres Wesens hasst. Dieselben Männer und Frauen, die sie, Anne, in ihrem jugendlichen Idealismus verantwortlich macht für das grenzenlose Unrecht dieser Welt.
- Die Führer, die ihrer naiven und leidenschaftlichen

Meinung nach alles, was ihr etwas bedeutet, zerstört haben im Namen von a) Umsatz und b) von Laisser-faire.

- Im Namen von a) Rationalisierung und b) von Wachstum.
- Im Namen von a) so genanntem Individualismus und b) von so genannter Entscheidungsfreiheit.
- Die Grundelemente, mit anderen Worten, einer großen Tragödie.
- Eine große, genau, Tragödie entfaltet sich vor unseren Augen in Paris, Prag, Venedig oder Berlin, um nur vier zu nennen, während der Mond, majestätisch und orange, aufgeht über den Renaissance-Kathedralen, Barock-Palästen, Zoologischen Gärten und Bahnhöfen aus dem neunzehnten Jahrhundert und modernistischen Plattenbauten des sozialen Wohnungsbaus, Illustrationen des Mottos «Der Zweck bestimmt die Form».
- Der Zweck bestimmt die Form.
- Diese große Tragödie / der Liebe.
- Diese große Tragödie der Ideologie und Liebe.
- Sie drückt die Zigarette aus.
- Sie beginnt zu schreien.
- Sie beginnt ihn mit ihren Fäusten zu schlagen.
- Sie beginnt ihn mit ihren Zähnen zu beißen.
- Sie beginnt ihn mit ihren bloßen weißen Füßen zu treten.
- Sie schlägt und schlägt / und schlägt.
- Sie schlägt und schlägt. Und die erlesene Uhr, die zwei Revolutionen und drei Jahrhunderte überlebt hat, zerbricht in tausend Stücke auf dem glatten und blank polierten Parkett, während sie schlägt beißt und tritt.
- Der winzig kleine Hirte und die winzig kleine Glocke verschwinden – ein hübsches Detail nebenbei – verschwinden auf ewig unter dem / Nussbaumbett.

– Bis sie außer Atem ist. Sagen wir, dass sie schließlich, geht das, an diesem Punkt außer Atem ist.
– Die Frau?
– Die Frau, Anne, ja, ist außer Atem.

Pause.

– Und er?
– Neigt den Kopf.
– Ja.
– Schaut zu ihr auf.
– Ja.
– Nimmt ihr tränenüberströmtes / Gesicht in seine Hände.
– Nimmt Annes tränenüberströmtes Gesicht in seine Hände wie einen kostbaren Kelch.
– Oder einen Rugbyball.
– Wie einen kostbaren silbernen Kelch oder, meinetwegen, einen Rugbyball vor einem Dropkick nimmt er Annes wütendes, tränenüberströmtes Gesicht in seine Hände.
– Er liebt sie immer noch.
– Trotz all ihrer ideologischen Differenzen – richtig – liebt er sie immer noch. Text.
– Eines Tages, Anne, sagt er, wirst du meine Welt verstehen. Eines Tages, Anne, wirst du verstehen, dass man für alles bezahlen muss, selbst für deine Ideale musst du am Ende bezahlen.
– Textende.
– An dem er ihr die nassen Haarsträhnen von den Lippen streicht und sie küsst. Das sind die / Grundelemente.
– Er küsst sie und drängt sie zurück aufs Bett. Oder sie ihn. Noch besser: **Sie** drängt **ihn** zurück aufs Bett, so verwirrt sind ihre Gefühle, so unvermindert ihre Lust, so wenig

kann sie zwischen richtig und falsch unterscheiden in dieser alles verzehrenden Leidenschaft in dem Apartment mit den hohen Decken, dem massiven Nussbaumbett, dem polierten Parkettboden, dem Pleyelflügel, Baujahr circa 1923, ohne – das sollte man vielleicht anmerken – einen erkennbaren Schutz gegen Schwangerschaft bei Anne oder bei beiden gegen sexuell übertragbare Krankheiten einschließlich des so genannten «AIDS»-Virus, der korrektere Name Human Immune Deficiency Virus oder / abgekürzt HIV.

– Das Porträt eines zeichnenden jungen Mädchens, einst für einen David gehalten, doch jetzt seiner Zeitgenossin Constance Charpentier zugeschrieben, und ein dreieckiger gelber Aschenbecher mit der Aufschrift «Ricard», darin drei Zigarettenstummel und ein Häuflein feiner grauer Asche.

Pause.

– Eine einzige Tragödie, mit anderen Worten, / der Liebe.
– Eine einzige – genau – Tragödie der Ideologie / und Liebe.
– Das sind die Grundelemente.

3. Der Glaube an uns selbst

Schweigen.

- Die gesamte Vergangenheit offenbart sich in ihrem Gesicht. Ist eingeschrieben darin wie eine Geschichte. Die Geschichte ihrer Familie. Die Geschichte des Landes selbst – jenes Landes, in dem ihre Familie seit Generationen lebt.

Schweigen.

- Ein Tal.
- Ein Tal – ja – tief in den Bergen.
- Ein Tal tief in den Bergen, wo Traditionen von einer Generation zur nächsten bewahrt wurden. Und es gibt Obstbäume dort.
- Für jedes neugeborene Kind wird in diesem Tal ein Obstbaum mit seinem Namen gepflanzt. Sogar eine Art Zeremonie findet dann statt.
- Eine feierliche – genau – Zeremonie.
- Eine Art feierlicher Zeremonie wird in dem Dorf abgehalten. Und Generation auf Generation hält diese feierliche Zeremonie der Namensgebung bei der Geburt eines jeden Kindes ab.
- Die Bäume haben, mit anderen Worten, Namen.
- Sie haben Namen, so wie die Einwohner Namen haben. Es gibt den Menschen, und es gibt den Baum. Es gibt Anya die Frau, und es gibt Anya den Baum.
- Die Bäume haben Namen, genau wie die Halme, die Grashalme. Denn das Leben ist so kostbar, Leben wird so

durchlebt, alles ist so **beseelt**, so **heilig**, dass sogar die Grashalme Namen haben. Etwas, das wir kaum **begreifen** können.

- Wir können dieses heilige, heilige Leben kaum begreifen, dieses Gefühl von Ganzheit liegt außerhalb unseres Fassungsvermögens, dieses Gefühl von Ehrfurcht erfüllt uns mit Demut.
- Doch jetzt, Verwüstung.
- Was?
- Verwüstung. Die Harmonie von Generationen / wurde zerstört.
- Genau. Diese verborgene, sichere Welt wurde auseinander gerissen.
- Die Harmonie von Generationen wurde zerstört. Die Frauen wurden vergewaltigt. Die kleinen Kinder aufgeschlitzt.
- Die Frauen wurden vergewaltigt und anschließend aufgeschlitzt. Die Männer haben sich gegenseitig in Stücke gehackt.
- Bruder ermordete Bruder.
- Vetter ermordete Vetter. Bruder vergewaltigte Schwester.
- Bruder vergewaltigte – ja – Schwester, und jetzt durchwühlen die Hunde die Überreste.
- Das Benzin, das einst die klapprigen Traktoren in Gang hielt und Strom für die alten Schwarzweißfernseher erzeugte, wird benutzt, um Menschen in Brand zu stecken.
- Ja.
- Erst um Menschen bei lebendigem Leib in Brand zu stecken und jetzt, aus Gesundheitsgründen, um die Leichen zu verbrennen.
- Menschen bei lebendigem Leib in Brand gesteckt. Der

kalte Dampf des Benzins, dann die heiße Stichflamme. Die brennenden Menschen rennen als lebende Fackeln zwischen den Obstbäumen, die ihre Namen tragen, umher, versengen die Blätter, winden sich auf den Grashalmen, während die Soldaten lachend daneben stehen.

- Die Soldaten lachen, obwohl dies ihre eigenen Vettern sind, ihre eigenen **Eltern**, ihre / Mütter und Väter.
- Verbrennen ihre eigenen **Eltern** in dem heiligen Garten. Verbrennen sie bei lebendigem Leib und lachen.
- Oder begraben sie bei lebendigem Leib. Begraben sie bei lebendigem Leib bis zum Hals in dem fruchtbaren Boden und spalten ihnen dann mit dem Spaten den Schädel. Sie haben einen Namen dafür.
- «Die Blume».
- Sie nennen das, richtig, «die Blume».

Schweigen.

Und all das offenbart sich in ihrem Gesicht.

- Es tut was?
- Offenbart sich. Offenbart sich in ihrem Gesicht.
- In Anyas Gesicht. Wir brauchen keine Worte. Über Worte ist sie hinaus. Ihr Mund, ihr Mund bebt, doch die Worte versagen ihr.
- Die Unzulänglichkeit der Worte.
- Die entsetzliche, ja, Unzulänglichkeit der Worte, während sie neben einem Baum steht, übersät von zarten weißen Blüten.
- Ein Pflaumenbaum.
- Ein Pflaumenbaum, übersät von zarten weißen Blüten, und das ist der Moment …

- Ja.
- … der Moment, in dem wir erkennen, dass **dies ihr Baum ist**.
- Dies ist **ihr eigener Baum**, Anyas Baum.
- Anyas Baum, gepflanzt vor, wann? vierzig? fünfzig? Jahren am Tag ihrer Geburt. Das Loch gegraben von ihrem Vater, die Wurzeln entwirrt von der Mutter und gewässert und gepflegt von der Familie, die jetzt tot am Boden liegt.
- Ihr ureigener Baum.
- Noch immer der Geruch von Benzin in der Luft.
- Es ist Frühling.

Schweigen.

- Panorama des gesamten Tals.
- Das gesamte tiefe Tal im Frühling.
- Die Bäume. Das Gras.
- Eine Biene krabbelt in den Kelch einer Blume.
- Und jetzt spricht sie.
- Ja. Weil sie **muss**. Weil sich die Worte Bahn brechen, während sie neben ihrem Baum steht.
- Der Baum gibt ihr Kraft, die Kraft / zu sprechen.
- Sie zeigt auf verkohlte Holzbalken. Das, sagt sie, war mein Zuhause. Meine Kinder versteckten sich unter dem Bett. Sie haben sie beide ermordet. Erst den Jungen. Dann das Mädchen. Sie haben meiner kleinen Tochter die Haare in Brand gesteckt. Ich weiß bis heute nicht, warum sie meiner kleinen Tochter die Haare in Brand gesteckt haben. Sie knisterten wie dürre Zweige.
- Dann bricht sie zusammen.
- Wer? Anya?

– Sie schreit. Sie bricht zusammen und zerfleischt sich die Wangen wie / in einer griechischen Tragödie.
– Das denke ich nicht. Ich denke nicht, dass Anya schreit. Ich denke nicht, dass sie zusammenbricht und sich die Wangen zerfleischt wie in einer griechischen Tragödie. Ich denke, ihre Augen funkeln. Ich denke, sie läuft zur Kamera und beginnt zu fluchen. Ihr widerlichen, stinkenden Mörder, sagt sie. Ihr schweinefickenden schwanzlutschenden Scheißkerle. Ihr schwesternfickenden gotteslästernden kindermordenden hirnlosen verfickten Killer. Ich spucke auf eure Gräber und auf die Gräber eurer Mütter und Väter und verfluche alle kommenden Generationen.
– Sie ist wütend.
– Sie ist sehr wütend.

Schweigen.

Sie ist sehr wütend, aber sie hat auch das **Recht**.
– Sie hat – na ja, selbstverständlich – hat sie das Recht, wütend zu sein. Alles zerstört. Eine ganze **Lebens**weise zerstört. Eine Verbundenheit / zur **Natur** zerstört.
– Und deshalb sympathisieren wir.
– **Selbstverständlich** sympathisieren wir.
– Wir sympathisieren nicht nur, wir **identifizieren** uns. Wir identifizieren uns, weil …
– Ja.
– … weil Anyas Tal **unser** Tal ist. Anyas Bäume sind **unsere** Bäume. Anyas Familie ist die Familie, zu der wir alle gehören.
– Das Ganze hat etwas Universelles, / **natürlich**.
– Etwas Universelles, das uns, in dem wir uns auf seltsame

Art selbst erkennen. Unsere eigene Welt. Unseren eigenen Schmerz.

- Unsere eigene Wut.
- Etwas Universelles, das uns auf seltsame Art … was? was? was?
- Uns auf seltsame Art wiederherstellt.
- Das auf seltsame Art – ich glaube, doch – ja – den Glauben an uns selbst wiederherstellt.

4. An alle Haushalte

– Sie gehört zu den Menschen, die glauben, was auf dem Kassenbon steht.
– «Vielen Dank für Ihren Besuch.»
– Sie drängelt sich nie vor …
– Nie.
– … oder spricht mit dem Fahrer.

Pause.

– Wenn ein Brief im Kasten ist, adressiert an «Alle Haushalte», macht sie zuerst …
– Was? Eine Tasse Tee?
– Ja. Setzt sich dann an den Küchentisch und öffnet ihn. Sie öffnet ihn und liest ihn so aufmerksam, als sei es ein Brief von ihrem eigenen Sohn, der jetzt in Amerika lebt.
– Kanada, genauer gesagt.
– Sie gehört zu den Menschen, die glauben, dass ihre ganz persönliche Glückszahl / nur für sie …
– Toronto.
– … gezogen wurde. Was natürlich auch stimmt, irgendwie. Und wenn sie ihr Los binnen zehn Tagen zurückschickt, erhält sie ein Überraschungspräsent. / Toronto? Sicher?
– Kein Überraschungspräsent, nein. Sie kreuzt ein **Kästchen** an, sie kreuzt ein **Kästchen** an und wählt das gewünschte Präsent **selbst**: vielleicht einen praktischen Radiowecker, eine Kamera oder einen Satz / Miniaturschraubenzieher.

- Einen Satz Miniaturschraubenzieher oder eine praktische Wegwerfkamera.
- Sie ist Nichtraucherin.

Schweigen.

- Sie ist definitiv Nichtraucherin. Obwohl es bestimmt nicht falsch ist, zu sagen, dass sie gelegentlich vielleicht doch eine Zigarette von anderen schnorrt.
- Genau. Auf Partys.

5. Die Kamera liebt dich

Die Kamera **liebt** dich
Die Kamera **liebt** dich
Die Kamera **liebt** dich

Wir **müssen** sympathisieren
Uns absolut identifizieren
Wir **müssen** live sein
Realisieren statt simulieren
Wir sind authentisch
und mit uns identisch

Nicht nur Produzieren als Job
Nicht nur so tun als ob
Kein schöner Schein
Was wir sehen muss echt sein
Wir reden von Wahrheit
Wir reden von Menschheit
Wir reden von einem Plan
ÜBERWÄLTIGT zu sein von der schieren Totalität
der unglaublich wahren Dreidimensionalität
DREIDIMENSIONALITÄT
all dessen was Anne alles sein kann
ALL DESSEN WOFÜR ANNE ALLES STEHT

Was ist Hecuba für ihn und er für Hecuba?
Ein Megastar
EIN MEGASTAR

Die Kamera **liebt** dich

Die Kamera **liebt** dich
Die Kamera **liebt** dich

Wir **müssen** phantasieren
Wir **müssen** improvisieren
Wir **müssen** synthetisieren
Wir **müssen** plakatieren
Wir sind authentisch
und mit uns identisch

Keine müde Show
Wir brauchen das geilste Szenario
Mehr als nur Literatur
Das Leben pur
Viel echter als Literatur
Wir reden von Aktualität
Wir reden von Komplexität
Wir sagen wir wollen
ÜBERWÄLTIGT sein von der schieren Quantität
JA VON DER SCHIEREN QUANTITÄT
all dessen was Anne alles sein kann
ALL DESSEN WOFÜR ANNE ALLES STEHT

Was ist Hecuba für sie und sie für Hecuba?
Ein Megastar
(Ein Megastar? Sonst alles klar?)

Die Kamera liebt dich
Die Kamera liebt dich
Die Kamera die Kamera
die Kamera die Kamera
die Kamera die Kamera
DIE KAMERA LIEBT DICH

6. Mama und Papa

- Das ist nicht ihr erster Versuch.
- Das ist keineswegs ihr erster Versuch. Sie hat schon diverse Versuche unternommen. Sogar noch bevor sie von zu Hause ausgezogen ist, / hat sie es probiert, oder.
- Ihr ganzes **Leben** lang hat sie diverse Versuche unternommen.
- Wir sehen diese diversen Versuche vor uns.
- Wir **durchleben** diese diversen Versuche. Wir durchleben diese quälenden Momente.

Schweigen.

- Wir sehen Fotos, oder.
- Wir sehen eine Menge Fotos.
- Wir sehen sie aus nächster Nähe, so nah, dass man die kleinen Punkte erkennt. Schon komisch, oder, wie sich alles ab einem bestimmten Moment in diese kleinen Punkte auflöst – sogar ihr Lächeln.
- Ein glückliches Lächeln. Ein durchaus authentisches Lächeln.
- Oh ja, ein authentisches glückliches / Lächeln, und ob.
- Weil niemand sie **zwingt**, niemand zwingt sie zu lächeln, oder?
- Niemand zwingt sie zu **irgendwas**. Die Vorstellung, dass Annie, die kleine Annie, zu irgendetwas gezwungen wird, ist offen gestanden lachhaft.
- Keine Frage.

Schweigen.

In das Schweigen:

> «Die Arbeit als Reiseleiterin macht ihr Spaß, weil sie gern neue Menschen kennen lernt. Sie macht Sie mit den anderen Teilnehmern bekannt und sorgt dafür, dass jeder eine unvergessliche Zeit hat.»

Auf jeden Fall – und das sollte deutlich gemacht werden – auf jeden Fall tut sie nie irgendwas, was sie / nicht tun will.

– Ab einem bestimmten Moment löst sich alles in diese kleinen Punkte auf – Augen, Haare, Lächeln.
– Lächelnde Gesichter aus aller Welt.
– **Menschen** aus aller Welt. Menschen aus aller Welt auf den Fotos mit Annie. Lächeln mit Annie. Personen, die, nehme ich an, kurz in ihr Leben traten und / wieder verschwanden.
– Und dann wieder verschwanden.
– Und dann – ja – gleich wieder verschwanden.
– Porno, einige davon.
– Porno? Ach was. Kaum.
– Ziemlich pornographisch, einige / dieser Bilder.
– Ich würde das kaum pornographisch nennen, eben nur ausgelassen. Die Ausgelassenheit eben, die man von einem Mädchen erwartet, das immer lächelt, immer lacht, immer auf Achse ist, immer jemanden kennen lernt, immer jemanden verlässt, immer in einer Abflughalle oder einem Busbahnhof oder am Gepäckband in einem Flughafen wartet oder im Gang / eines Zuges schläft.
– Immer irgendwo am Straßenrand mit ihrer großen roten Tasche. Irgendwo in Afrika, ja, mit dieser großen

roten Leinentasche, die Mama und Papa ihr zum sechzehnten Geburtstag geschenkt haben. Irgendwo in Südamerika.

– Irgendwo in Europa mit dieser großen / roten Tasche.

– Europa, Afrika, Südamerika, überall. Brasilien.

– Kuba. Brasilien. Rumänien. / **Nigeria**.

– Rumänien. Kuba. Florida. Australien.

– Stimmt. Australien. Neuseeland. Die / Philippinen.

– Marokko. Algerien. Tunesien. Die Sahara.

– Die Kalahari, am Fuß des Himalaja.

– Am Fuß der Alpen.

– Stimmt – das, wie heißt das gleich –

– Das / Piemont.

– Das Piemont. Immer am Fuß irgendwelcher Berge, mit ihrer großen roten Tasche.

– Weil, sagen wir's offen, sie **engagiert** sich.

– Ja, **natürlich** engagiert sie sich. Wir können ihr Engagement **sehen**. Man muss sie doch beispielsweise nur auf diesen Fotos sehen, die Art, wie sie Schulter an Schulter steht mit den Ärmsten der Armen. Auf diesen Fotos hat sie keine Angst, mit den Ärmsten der Armen Schulter an Schulter zu stehen.

– Bilder von ihr in Slums, mit den lächelnden Slumbewohnern.

– Bilder von ihr auf Berghängen, mit den lächelnden Bergbewohnern.

– Bilder von ihr – genau – mit den lächelnden Bergbewohnern, deren Land zur Steppe geworden ist, einfach vom Wind – ffffftt! – weggefegt.

– Und auf Müllhalden.

– Bilder von Annie auf Müllhalden, neben lächelnden Menschen, die tatsächlich auf diesen Müllhalden leben, tatsächlich direkt auf diesen Halden leben / mit ihren **Kindern.**

- Ganze Zigeunerfamilien oder was auch immer die sind, leben anscheinend, stimmt, direkt auf diesen Müllhalden.
- Es ist jedenfalls kein – und hierin unterscheidet er sich vielleicht von den vorherigen Versuchen – es ist jedenfalls kein Hilfeschrei.
- Eindeutig hat sie einen Entschluss / gefasst.
- Es ist kein Hilfeschrei. Es ist sehr wichtig, das festzuhalten, damit wir uns einig sind, von Anfang an. Es ist sehr wichtig, festzuhalten, dass niemand ihr hätte helfen können / an diesem Punkt.
- Niemand hätte ihr helfen können – nicht ihre Mama – nicht ihr Papa – und mit Sicherheit keiner ihrer so genannten / **Freunde.**
- Sie hätte keine / Hilfe **gewollt.**
- Hilfe ist das Letzte, was sie gewollt hätte.

Schweigen.
In das Schweigen:

> «Die viele Zeit, die sie mit den Gästen verbringt, macht ihr Spaß,
> und es erfüllt sie mit großer Zufriedenheit, wenn jeder sich wohl fühlt.
> Sie sagt, dass alle sich auf dem Bahnsteig in den Armen liegen,
> wenn der Tag der Abreise gekommen ist;
> winkende Urlauber, die ‹Bis zum nächsten Mal› aus dem Zugfenster rufen.»

Lachen während des gesamten folgenden Textes:

- Die seltsamen Dinge, die sie manchmal sagt …
- Die seltsamen Dinge, die sie als Kind manchmal zu Mama und Papa sagt: «Ich fühle mich wie ein Schirm.»
- «Ich fühle mich wie ein Schirm.»
- Sie liegt da, nicht, mit dem Schlauch in ihrem dünnen Ärmchen, sieht schrecklich blass aus, weißer noch als / das **Kissen.**
- «Wie ein Fernsehschirm», sagt sie, «wo von vorn alles echt und lebendig aussieht, aber hinten sind nur Staub und ein paar Drähte.»
- «Staub und ein paar Drähte.» Ihre Phantasie …
- Sie sagt, sie sei keine echte Person, keine echte Person, wie man sie in Büchern oder im Fernsehen findet, sondern ein **Mangel** an Person, eine **Abwesenheit** nennt sie das, oder, von Person.
- Eine Abwesenheit von Person, was auch immer **das** bedeutet …
- **Dann** will sie Terroristin werden, oder.
- Stimmt. Eines Nachts kommt sie runter in die Küche, mit diesen großen ernsten Augen, und erzählt Mama und Papa, dass sie Terroristin werden will.
- Der Ausdruck in ihren Gesichtern …
- Sie will ihr eigenes kleines Zimmer und ein Gewehr und eine Liste mit Namen.
- «Ziele».
- Eine Liste – stimmt – mit so genannten Zielen und deren Fotos. Sie will jede Woche einen ermorden, dann in das kleine Zimmer zurückkehren und Earl-Grey-Tee trinken.
- Stimmt – es muss Earl Grey sein – und jede Woche einer.
- Ihre arme Mama und ihr armer Papa sind / **entsetzt.**
- Sie haben nicht die geringste Ahnung, wie sie damit umgehen sollen.

- In ihrem ganzen **Leben** haben sie noch nie Earl-Grey-Tee gekauft.
- Sie würde gern so tun, als ob sie eine Maschine sei.
- So tun, als ob? Sie möchte eine Maschine **sein**. Manchmal verbringt sie ganze Tage, wirklich ganze Tage damit, vorzugeben, sie sei ein Fernseher / oder ein Auto.
- Ein Auto oder ein Fernseher, ein Maschinengewehr oder eine mechanische Nähmaschine.

Schweigen.
In das Schweigen:

> «Sie ist die ideale Leiterin für Single-Reisen
> und nimmt die Leute gern mit
> auf interessante Führungen.»

- Eine Nähmaschine ... Was sie sich alles ausdenkt ...
- Dann zieht sie natürlich in die weite Welt. Heute noch Afrika, morgen schon Südamerika oder Europa.
- Irgendwo in Europa.
- Europa, Afrika, Südamerika, überall. Brasilien.
- Kuba. Brasilien. Rumänien. / **Nigeria.**
- Rumänien. Kuba. Florida. Australien.
- Stimmt. Australien. Neuseeland. Die / Philippinen.
- Marokko. Algerien. Tunesien. Die Sahara.
- Die Kalahari. Am Fuß des Himalaja.
- Am Fuß der Alpen.
- Stimmt – das, wie heißt das gleich –
- Das / Piemont.
- Das Piemont, das Piemont, das Piemont, natürlich. Ja. Immer am Fuß irgendwelcher Berge mit ihrer großen roten Tasche.

- Und denselben Haaren. Vergessen wir nicht dieselben Haare bis runter / zur Taille.
- Dieselben langen Haare bis runter zur Taille, mit vierzig genauso wie als Zwanzigjährige – noch immer wie ein junges Mädchen, nicht, auf einigen / dieser Bilder.
- Selbst mit vierzig noch immer das Aussehen und die Kleidung eines jungen Mädchens, halb so alt wie sie.
- Wirklich entscheidend aber ist, dass die Tasche voll ist mit Steinen.
- Als faszinierend, stimmt, erweist sich, dass die Tasche voll ist / mit Steinen.
- Die Steine sollen sie unten halten, wie sehr sie dagegen auch ankämpft, und die Riemen der Tasche sind um ihre Füße gebunden.
- Keinesfalls also, mit anderen Worten, ein / Hilfeschrei.
- Sie hat das alles, mit anderen Worten, geplant, sie hat eingeplant, dass sie dagegen ankämpfen würde, sie wusste, sie würde dagegen ankämpfen, und genauso wusste sie, dass die Tasche sie unweigerlich in die Tiefe zerren würde. Ein Scheitern des Versuchs stand also an keinem Punkt zur Debatte. An keinem Punkt stand zur Debatte, dass irgendwer hätte eingreifen können – jedenfalls mit Sicherheit nicht Mama oder Papa.
- Na, mit Sicherheit nicht Mama und Papa – und mit Sicherheit keiner ihrer so genannten **Freunde**.
- Wenn man die so **nennen** kann, / Freunde.
- Na, offensichtlich kann man die **nicht** Freunde nennen.

Schweigen.
In das Schweigen:

«Sie besucht gern Fitness-Kurse,
spielt mit bei Amateurtheater-Gruppen
und engagierten Kabarettsketchen.
Außerdem ist sie Mitglied im
örtlichen Wanderverein.»

– Und werden wir nicht zu dem Gedanken verleitet – oder –, dass die Tasche vielleicht schon **immer** voll war mit Steinen. Schon seit dem Moment, als sie von zu Haus auszog, dem Haus von Mama und Papa, an ihrem sechzehnten Geburtstag. Werden wir doch, oder?

Pause.

Etwa nicht?

– Werden wir was?

– Verleitet. Verleitet zu der Vorstellung, dass die Tasche vielleicht schon immer voll war mit Steinen, seit jenem allerersten Tag. Seit dem Moment, als sie Mama und Papa verließ, Mamas und Papas Gartentor zuschlug und den Bus nahm. Dass die rote Tasche auf den Fotos voll ist mit Steinen. Dass in den Lastwagen und Zügen, auf den Mauleseln, mit denen sie Berge erklomm – und in den Slums und auf den Müllhalden, den Berghängen und den gepflasterten Renaissance-Piazzas die Tasche voll ist mit Steinen. Und in den Flüchtlingslagern, wo sie auf Wunsch neben den ausgemergelten Sterbenden posierte, ebenso wie anscheinend ohne Murren neben den riesigen Swimmingpools fettleibiger Milliardäre, ist die Tasche voll mit Steinen. Und auf den Gepäckbändern der Flughäfen. Besonders auf den Gepäckbändern der Flughäfen um zwei Uhr nachts, mit Reisenden aus anderen Zeitzonen und

Kriegszonen wartend darauf, dass sich der Mechanismus in Gang setzt und das Gepäck durch die schwarzen Gummiblenden auf dem schwarzen Gummilaufband erscheint – die Rucksäcke und Lederkoffer, die Samsonites und die zugeklebten Kartons –, ist die Tasche, ihre rote Tasche voll mit Steinen.

– Da können wir uns nicht sicher sein.
– Ja, natürlich können wir uns da nicht sicher sein. Aber nach dem, was wir von ihr wissen, nach dem, was wir von ihr sehen, ist es nicht / unmöglich.
– Wir können uns nicht sicher sein, dass die Tasche voll ist mit Steinen. Sie könnte auch voll sein mit alter Kleidung, Drogen … / alles.
– Warum nicht? Warum können wir uns **nicht** sicher sein? Warum können wir nicht ein für alle Mal sagen, dass die Tasche voll ist mit Steinen und dass die Steine ihr Lächeln erklären.
– Die Steine. Das ist wahr, würden ihr Lächeln erklären.
– Die Steine würden definitiv ihr Lächeln erklären, nach dem, was wir von ihr gesehen haben. Denn das Ganze hat auch einen komischen Aspekt.
– Einen was?
– Einen Aspekt. Einen komischen Aspekt.
– Oh ja. Das Ganze hat definitiv einen komischen Aspekt.

Schweigen.
In das Schweigen:

> «Ann findet das Wort ‹Singles› manchmal
> problematisch,
> weil es oft missverstanden wird.
> Sie möchte gern betonen, dass diese Reisen

nicht der Partnervermittlung dienen, sondern stattdessen Gleichgesinnte in lockerer und freundlicher Umgebung zusammenbringen, damit sie ihren Urlaub gemeinsam genießen können und als Freunde auseinander gehen.»

7. Der neue Anny

Jeder Textteil wird zunächst in einer afrikanischen oder osteuropäischen Sprache gesprochen. Anschließend sofort eine deutsche Übersetzung.

– [Satz]
– Der Wagen gleitet über die Straße am Mittelmeer.
– [Satz]
– Er schmiegt sich in die Kurven zwischen den pittoresken Bergdörfern.
– [Satz]
– Die Sonne glänzt auf der aerodynamischen Form.
– [Satz]
– Der aerodynamischen Form des neuen «Anny».
– [Satz]
– Wir sehen den neuen «Anny», wie er sich durch die Reihen der rot geziegelten mediterranen Dächer schlängelt.
– [Satz]
– Schnell.
– [Satz]
– Elegant.
– [Satz]
– Frei.
– [Satz]
– Wir hören, dass man den «Anny» serienmäßig mit elektrischen Fensterhebern bekommt.
– [Satz]
– Wir hören, dass man den «Anny» serienmäßig mit Airbags für Fahrer und Beifahrer bekommt.

– [Satz]
– Wir hören, dass sämtliche Extras, die andere Hersteller nur gegen Aufpreis anbieten …
– [Satz]
– … zur serienmäßigen Ausstattung des «Anny» gehören.
– [Satz]
– Klimaanlage.
– [Satz]
– ABS.
– [Satz]
– Und Mobiltelefon.
– [Satz]
– Wir hören, dass unsere Kinder ebenso sicher und glücklich auf dem Rücksitz des «Anny» sind wie die Erwachsenen entspannt und zuversichtlich am Steuer.
– [Satz]
– Glücklich.
– [Satz]
– Sicher.
– [Satz]
– Alles unter Kontrolle.
– [Satz]
– Der «Anny» schwebt über die weißen Strände der Welt so schwerelos, wie er vor den neonerleuchteten Schuhgeschäften der großen Städte einparkt.
– [Satz]
– Sind wir im «Anny» an unserem Ziel angekommen …
– [Satz]
– … umarmen uns stets attraktive Männer und attraktive Frauen.
– [Satz]
– Wir werden niemals verraten.

– [Satz]
– Gefoltert.
– [Satz]
– Oder erschossen.
– [Satz]
– In der simulierten Stadtfahrt erweist sich der Zwei-Liter-«Anny» als äußerst sparsam im Verbrauch …
– [Satz]
– … und ist auch als Diesel lieferbar.
– [Satz]
– Als Zeichen unseres anhaltenden Engagements für eine saubere, grünere Umwelt …
– [Satz]
– … sitzen keine schmierigen Zigeuner im «Anny».
– [Satz]
– Weder im «Anny» noch in den sonnendurchfluteten Landschaften, durch die der «Anny» fährt.
– [Satz]
– Niemand im «Anny» lügt betrügt oder stiehlt.
– [Satz]
– Dreckige Mistkerle.
– [Satz]
– Verbrecher.
– [Satz]
– Hurensöhne.
– [Satz]
– Im «Anny» ist kein Platz für die degenerierten Rassen …
– [Satz]
– … für die geistig Zurückgebliebenen …
– [Satz]
– … oder die körperlich Versehrten.
– [Satz]

– Kein Platz für Zigeuner, Araber, Juden, Türken, Kurden, Schwarze und diesen ganzen menschlichen Abschaum.
– [Satz]
– Wir hören, dass die Möglichkeit einer Null-Prozent-Anzahlung besteht.
– [Satz]
– Aber schnell.
– [Satz]
– Denn dieses Angebot gilt nur für begrenzte Zeit.
– [Satz]
– Der «Anny» überquert die Brooklyn Bridge.
– [Satz]
– Der «Anny» durchquert die Sahara.
– [Satz]
– Der «Anny» huscht durch die Weinberge von Bordeaux.
– [Satz]
– Der «Anny» huscht im Morgengrauen durch die Dörfer Nordafrikas …
– [Satz]
– Schnell.
– [Satz]
– Elegant.
– [Satz]
– Frei.
– [Satz]
– … wo die verschleierten Frauen bewundernd auf die makellose Rostschutzlackierung mit Fünfjahresgarantie starren.
– [Satz]
– Niemand montiert Sprengsätze im «Anny» für einen politisch motivierten Anschlag.
– [Satz]

– Kein Mann vergewaltigt und ermordet je eine Frau im «Anny» und kippt ihren Körper danach bei Rot an einer Ampel auf die Straße, mitsamt dem Inhalt des Aschenbechers.
– [Satz]
Niemand wird je von einem tobenden Mob aus dem «Anny» gezerrt.
– [Satz]
– Kein Hüftgelenk eines Kindes wird je durch einen eventuellen Zusammenprall mit dem neuen «Anny» zerschmettert.
– [Satz]
– Der Rücksitz wird nie mit Sperma verschmiert.
– [Satz]
– Mit Blut.
– [Satz]
– Mit Bier.
– [Satz]
– Mit Speichel.
– [Satz]
– Oder verklebt mit geschmolzener Schokolade.
– [Satz]
– Geschmolzene Schokolade. Hmmmmm.

Das Kleingedruckte:

– [Satz]
– Preise inkl. MwSt., Zulassung, Fracht und 2 Jahre Haftpflichtversicherung.
– [Satz]
– Maßgeschneiderte Finanzierungs- und Leasingangebote warten auf Sie.

- [Satz]
- Rauchen gefährdet die Gesundheit Ihres Kindes bereits in der Schwangerschaft.
- [Satz]
- Sie riskieren den Verlust ihres Eigenheimes, wenn Sie die Raten Ihres Darlehens nicht termingerecht zahlen.

– Also: Sie hat diese Art Aschenbecher. Einen dieser großen auf einem Ständer. Wie man sie in der Lobby eines billigen Hotels findet, diese Art Hotel, wo man für ein paar Stunden nachmittags unter der Woche absteigt, in einer fremden Stadt, mit einem Mann, den man gerade erst / kennen gelernt hat.
– Mit einem Mann, den man nie wiedersehen wird.
– Mit einem Mann – genau –, den man gerade erst kennen gelernt hat und den man gar nicht erst wiedersehen will. Eben diese Art Aschenbecher, mit Chromschale und Chromständer und der Aura von spontanem ungeschütztem Sex in billigen Hotelzimmern.
– Außerdem spricht sie fünf Sprachen und hat in Genf mit Hilfe des Cern-Beschleunigers ein neues Elementarteilchen entdeckt. Es wird ihren Namen tragen und unsere Sichtweise auf das Universum vollständig verändern.

9. Die Bedrohung durch den internationalen Terrorismus™

- Sie scheint sich einen Dreck zu scheren. Sie hat kein Gewissen. Sie zeigt keine Reue. Sie sagt: «Ich erkenne eure / Autorität nicht an.»
- «Ich erkenne eure Autorität nicht an.» Was **meint** sie damit überhaupt? Für wen **hält** sie sich eigentlich? Glaubt sie wirklich, dass sie für die Leben, die sie zerstört hat, nicht büßen muss? Glaubt sie wirklich, dass sich ihre blindwütigen sinnlosen Gewalttaten durch irgendetwas rechtfertigen lassen? Ihre Augen verraten nicht den kleinsten Funken / einer menschlichen Regung.
- Nicht den kleinsten Funken – richtig – einer menschlichen Regung oder von Scham. Ist dies dasselbe Kind, ist dies dasselbe Kind, das einst ein rosa Gingham-Kleid trug und einen Strohhut und mit den Töchtern von Doktoren, Zahnärzten, Fernsehmoderatoren und Häusermaklern die Schule auf dem Hügel besuchte, mit dem polierten Messingschild und den Lehrerinnen im strengen Schottenrock? Dasselbe Kind, das eine Fantasy Barbie™ hatte, Fantasy Ken™ und alles Zubehör: die winzig kleinen Schlüpfer und die winzig kleinen Schuhe? Das Haus, das Pferd und Barbies™ / eigenes Auto?
- Ist dies dieselbe kleine Anne, die all die winzig kleinen Schuhe aufreihte und all die winzig kleinen Puppen aufreihte und all die winzig kleinen Perlen aufreihte und darüber hinaus jede Nacht zu Gott™ betete / ohne die leiseste Spur von Ironie.
- Die zu Gott™ betete: «Gott™ beschütze Mami, Gott™ beschütze Papi, Gott™ beschütze Schnorri die Katze,

Gott™ beschütze alle Menschen», ohne die leiseste Spur von Ironie, vielmehr in dem festen Glauben, dass sie da auf ihren Knien und in ihrem Minnie-Mouse™-Pyjama den Segen des Vaters erbitten könnte, des Sohnes / und des Heiligen Geistes.

Amen.

- Die jede Nacht aufs Neue ins Bett machte, bis ihre schlaflosen Eltern sie zum Arzt brachten, mit seinem Zeitschriftenstapel, der auf der hohen kalten Lederliege mit breitem Lächeln ihren Schlüpfer herunterzog und sagte: «Na, Anne, dann wollen wir doch mal nachschauen, / was?»
- Dieselbe Anne, die aus dem Krankenhaus mit einem Holzkasten kam, der neben ihr Bett gestellt wurde und eine Glocke enthielt, zwei stabile Metallplättchen und ein paar / schwarze Drähte?
- Dieselbe Anne, die Nacht für Nacht vom Klang der entsetzlichen Glocke geweckt wurde in den entsetzlich / nassen Laken?
- Dieselbe Anne, die jetzt – tja, was? – einfach **dasteht**? **Dasteht** vor ernsten Männern und Frauen, mit Zeugen und Beweismitteln in versiegelten Plastikbeuteln – falsche Pässe und Fetzen von Menschenfleisch – die dasteht und sich weigert, / deren **Autorität** anzuerkennen?
- Fetzen von Menschenfleisch, falsche Pässe, Listen mit Namen, Spuren von Sprengstoff, Bänder mit Telefonaten, Videobänder von Banken und Einkaufszentren und EC-Automaten. Psychiatrische Gutachten, die a) ihre Intelligenz und b) ihre Zurechnungsfähigkeit bestätigen. «Sie machte sich ans Werk», besagen sie, «mit der schrecklichen Distanziertheit einer Künstlerin.» Zeugen brechen unter / Tränen zusammen.

- Zeugen brechen unter Tränen zusammen, als Videobänder von Banken und Einkaufszentren Anne zeigen, wie sie ständig überwacht als eine Person unter vielen ihrer Wege geht, bis zwanzig Minuten nach ihrem Verschwinden die Panzerglasscheibe eines Schuhgeschäfts totenstill explodiert, und die kleinen grauen Figuren, die in Stücke gerissen werden und totenstill durch die Luft fliegen mit den winzig kleinen Schuhen, sind echte Menschen vermischt mit Glas. Niemand kann ergründen, / was ihr Motiv ist.
- Niemand kann Annes Motiv ergründen.
- Sie lebt allein?
- Sie lebt allein.
- Sie arbeitet allein?
- Sie arbeitet allein.
- Sie schläft allein?
- Anscheinend, ja.
- Mordet / allein? Isst?
- Sie lebt arbeitet schläft mordet und isst ausschließlich allein. Tatsächlich bestehen ihre abgehörten Telefonate fast ausschließlich aus Essensbestellungen, die ihr auf ihre diversen Zimmer geliefert werden, gemietet mit Blick auf die Ausfallstraßen anonymer Vorstädte – eine große Pizza, Knoblauchbrot und eineinhalb Liter Pepsi™ light, alles zusammen für nur neun Euro / neunundneunzig.
- Telefonate, von denen man zunächst annimmt, es seien / codierte Nachrichten.
- Telefonate, von denen man zunächst, richtig, annimmt, es seien codierte Nachrichten, die aber schlicht Essensbestellungen sind, an ihre Tür geliefert von Jungs auf Mopeds und / bar bezahlt.
- Ist dies wirklich dieselbe kleine Anne, deretwegen jetzt

Zeugen unter Tränen zusammenbrechen? Deretwegen jetzt gestandene Polizisten und Polizistinnen in therapeutischer Behandlung sind, weil sie unter Nachtschweiß leiden, Impotenz, Amenorrhöe, zitternden Händen und Flashbacks von menschlichen Schädeln, die wie in Zeitlupe aufplatzen, und dem endlos langen, schrecklichen Heulen eines Kindes, unerreichbar unter Trümmern begraben, das wiederkehrt wie eine Art, wie heißt das noch?

– Eine auditive Halluzination?
– Ja. Wofür sie jetzt / **Schmerzensgeld** fordern.
– Dieselbe Anne, die vom Klang der Glocke geweckt wurde und sah, wie die Schatten der Kastanienbäume über die Schlafzimmerwände krochen, in ihrem / nassen Pyjama?
– Dieselbe Anne, die knifflige Zeitzünder und Quecksilber-Kippschalter auf Leiterplatten lötete, den Mund voller / Pfannenpizza?
– Die das Lebensgefühl einer ganzen Generation / auf den Punkt brachte.
– Die gleich zweimal auf dem Cover von / Vogue™ erschien.
– Die die Filmrechte für zweieinhalb Millionen US-Dollar / verkaufte.
– Die sich bis ins letzte Detail Gepäckabfertigungs-Vorschriften einprägte und die Flugpläne der großen internationalen Airlines / auswendig lernte.
– Die eine Zitat Einzelgängerin war / Zitatende.
– Die Zitat ausdruckslos Zitatende den Beschreibungen zuhört von Zitat Gräueltat Zitatende auf Zitat Gräueltat Zitatende auf Zitat Gräueltat Zitatende, die sie verübt hat.
– Dieselbe! Dieselbe! Dieselbe!

10. Irgendwie komisch

– Es ist irgendwie komisch, und es ist irgendwie traurig.
Ich schätze, es ist irgendwie bittersüß.
Ich schätze, es ist eine dieser bittersüßen Sachen, eine dieser Lachen-unter-**Tränen**-Sachen.
Nach all der Zeit, nach all den Jahren kehrt er endlich wieder zu seiner Ma zurück.
Und sie zuerst, du weißt schon: «Wer **ist** das?»
Und dann begreift sie's plötzlich: «Oh **Gott**, das ist mein eigener Sohn.»

Und sie umarmen einander, gleich da in der Küche, und, na ja, das ist so **ergreifend**.
Ich meine, das ist einfach so ergreifend, zu sehen, dass er's irgendwie, dass er die **Kraft** gefunden hat, seiner Mutter zu vergeben.
Er hat ihr vergeben, dass sie **Alkoholikerin** war.
Vergeben, dass sie sich anderen **Männern** an den Hals geworfen hat.
Vergeben, dass sie den Glauben seines Vaters an sich selbst zerstört und ihn in den **Selbstmord** getrieben hat.
Und beide weinen irgendwie und lachen und weinen wieder, alles zur selben Zeit in derselben Küche, in der er als kleiner Junge gesessen hat und die schrecklichen Streitereien seiner Eltern miterleben musste. Wie sein Vater um zehn Uhr morgens unter Tränen den Schnaps in den Ausguss kippt, während sie schreit, dass sie, wäre er bloß ein echter Mann mit nur einem Funken an Selbstachtung, sich ja nicht zu Tode saufen müsste, oder.

Und der Tisch ist voll kleiner Kratzer, und er erinnert sich, wie er die heimlich mit einer Gabel gemacht hat. Und irgendwie wird dir, na ja, eben die **Kontinuität** der Sache klar, der bittersüße Geschmack der Sache.

Und dann sagt er: «Hey, Ma, ich hab eine Überraschung für dich.»
Und Ma macht sich irgendwie los und wischt sich die Augen und sagt: «Was denn für eine Überraschung?»
Und er sagt: «Schau doch mal aus dem Fenster, Ma.»
Und vor dem Fenster steht da eben dieser staubige Pick-up mit zwei winzig kleinen Kindern auf dem Rücksitz, die da so starren. Bloß in die Kamera starren.
Und sie kann kaum fassen, dass dies ihre eigenen Enkelkinder sind.
Dann sagt er: «Ma, ich möchte dir Annie vorstellen.»

Und das ist die Stelle, wo die Frau, Annie, aus dem Pick-up steigt, und sie ist echt groß und blond und durchtrainiert, mit diesen klaren blauen Augen, die dir direkt ins Herz schauen, und sie ist irgendwie – na ja, ich schätze, sie ist so ziemlich der **Traum** eines jeden Mannes, wie eine gute Frau eben sein soll, und der Traum einer jeden Mutter von der passenden Ehefrau für ihren Sohn.

Und dann stellt sich raus, wie er und Annie und die Kinder dieses neue, na ja, äh, eben, **Leben** begonnen haben. Sie haben dieses neue, ja, Leben begonnen, ganz für sich selbst, weg von der Stadt. Leben vom eigenen Grund und Boden. Bauen Sachen an. Legen Fallen aus.

Bohren unter der Erde nach klarem, reinem Wasser. Unterrichten ihre eigenen **Kinder.** In dem Glauben daran, dass der Mensch frei ist vor Gott, seines eigenen Glückes Schmied und mit allen notwendigen Mitteln seine Familie beschützen muss.

Und während des Mittagessens – im Wesentlichen eine Art Geflügelsalat mit Mayonnaise – erfahren wir, dass er sogar der Kommandant einer ganzen **Gruppe** von Gleichgesinnten ist, die sich alle bewaffnet haben, nicht um ein Blutbad anzurichten, sondern aus **Notwehr**, weil, es herrscht Krieg.
«Krieg?», fragt Ma. «Wie meinst du das, Krieg?»

Also muss Annie Ma erklären, dass sie nicht an Steuern oder Sozialhilfe oder diesen ganzen Mist glauben. Dass dieser Krieg ein Krieg ist gegen eine Regierung, die dem ehrlichen Arbeiter das Brot aus dem Munde raubt, um es an die Pornographen und Abtreiber dieser Welt zu verfüttern.
Ein Krieg gegen die gottverlassenen **Schwuchteln.**
Ein Krieg gegen die Crack-Dealer und die Schwarzen.
Ein Krieg gegen die Verschwörung der **Juden** und ihre Versuche, die **Geschichte** umzuschreiben.
Ein **Kreuzzug** gegen die entarteten Bilder, die sich als **Kunst** ausgeben.
Ein Krieg gegen all jene, die uns das Recht auf Waffen verweigern.

Und Annie leuchtet irgendwie fast von innen.
Das ist wie, wow, sie hat, sie hat sich da durchgebissen, sie hat sich durch dieses ganze Chaos und das dauernde

Gerede unserer Zeit durchgebissen und hat es irgendwie gefunden, dieses, na ja.
Dieses **Etwas**, schätze ich.
Dieses Etwas, dieses totale **Etwas**.
Irgendwie hat sie dieses Etwas gefunden.
Das ist wie – hey – Annie hat dieses Etwas gefunden, diesen Schlüssel, ja, diesen **Schlüssel** eben, dieses Geheimnis, diese Gewissheit und Einfachheit, dieses Geheimnis und einfache Etwas, nach dem wir alle unser Leben lang suchen und das, schätze ich, eben die **Wahrheit** ist.

Ja. Und es ist irgendwie ergreifend zu sehen, wie aufmerksam **er** für die Kinder sorgt.
Wie er ihnen das Hühnchen klein schneidet und ihnen den Mund mit einer Papierserviette abwischt – das Bild, weißt du, von diesem großen Kerl im Tarnanzug, der sich liebevoll um die Hausarbeit kümmert.
Weil, die Familie ist eben das Fundament, schätze ich.

Und eines der winzig kleinen Kinder schaut von seinem Hühnchen auf und sagt: «Daddy, warum **weint** sie?»
Und es ist wahr.
Seine Mutter weint.
Während sie so dasitzt am Familientisch und diese Familie betrachtet, von deren Existenz sie ja keine Ahnung hatte – der Sohn und seine schöne junge Frau, ihre starken und unschuldigen Kinder, die das ganze Leben noch vor sich haben –, da, ja, wirklich, muss sie hemmungslos weinen, als sei sie selber ein winziges Kind.

Und Annie streicht dem Jungen durchs Haar – das total kurz geschoren ist, weißt du – wie ein echter kleiner Soldat – und sagt: «Weil sie so glücklich ist, mein Sohn. Weil sie so glücklich ist.»

11. Ohne Titel (100 Wörter)

- Was wir hier sehen, sind verschiedene Objekte, die in Verbindung stehen mit den Versuchen der Künstlerin, sich im Laufe der letzten paar Monate umzubringen. Zum Beispiel: Tablettenröhrchen, Einweisungen ins Krankenhaus, Polaroidfotos von den diversen HIV-positiven Männern, mit denen sie bewusst ungeschützten Geschlechtsverkehr hatte, Glasscherben ...
- Abschiedsbriefe.
- ... ja, und an den Wänden der Galerie hängen natürlich ihre zahlreichen Abschiedsbriefe. Als Ergänzung zu den Polaroidfotos laufen einigermaßen **unerfreuliche**, wie ich leider sagen muss, Videoaufzeichnungen von den Versuchen selbst.
  Also, ich weiß ja nicht, wie es anderen damit geht, aber ich begann mir eigentlich schon nach wenigen Minuten zu wünschen, es wäre ihr gleich beim ersten Mal geglückt.

Schweigen.
In das Schweigen:

Kopf
grün
Wasser
singen
Tod
lang
Schiff
bezahlen

Fenster
freundlich
Tisch
fragen
kalt
Stamm
tanzen
Dorf
See
krank
Stolz
kochen

- Also, ich finde, das ist ein unentschuldbar frivoler Kommentar über ein eindeutig bahnbrechendes Werk. Es ist ergreifend. Es ist hochaktuell. Es ist verstörend. Es ist witzig. Es ist krank. Es ist sexy. Es ist bitterernst. Es ist unterhaltsam. Es ist erhellend. Es ist düster. Es ist zutiefst persönlich und wirft gleichzeitig grundlegende Fragen auf über die Welt, in der wir leben.
- Was mich fasziniert, ist ihr Umgang mit Texturen. Ich denke, man findet hier eine große Sensibilität in der Gegenüberstellung von Materialien: Leder und Glas, Blut und Papier, Vaseline und Stahl, die im Betrachter eine nahezu viszerale / Reaktion hervorrufen.
- Tut mir Leid, aber was wir hier sehen, ist doch der reine Narzissmus. Und ich denke, wir müssen uns schon die Frage stellen, wer denn diese Art halbgaren Exhibitionismus überhaupt als Kunst akzeptieren soll? …
- Ja, aber genau, das ist doch zweifellos die Kernaussage, die sie zu machen versucht: Wo sind die Grenzen? Was ist noch akzeptabel? …

– … schließlich ist das doch reine / Selbstverliebtheit.
– … Wo hört das «Leben» – buchstäblich in diesem Fall – auf, und wo beginnt das «Kunstwerk»?
– Bei allem Respekt, aber ich denke, sie findet diesen ganzen Modus des «Aussagens» doch geradezu lachhaft antiquiert. Wenn es **überhaupt** eine Aussage gibt, dann doch **mit Sicherheit** die, dass die Aussage, die gemacht wird, **nicht** die Aussage ist und auch nie die intendierte Aussage **war.** Es geht doch hier mit Sicherheit um die Aussage, dass die Suche nach einer Aussage sinnlos ist und dass der Sinn dieser Übung – das heißt dieser versuchten Angriffe auf ihr Leben – sinnfällig darauf verweist. Mich erinnert das an das chinesische Sprichwort: Der dunkelste Ort ist immer unter der Lampe.

Schweigen.
In das Schweigen:

Tinte
wütend
Nadel
schwimmen
Reise
blau
Lampe
sündigen
Brot
reich
Baum
stechen
Mitleid
gelb

Berg
sterben
Salz
neu
Brauch
beten

- Der was?
- Der dunkelste Ort. Das ist / Chinesisch.
- **Warum** können die Leute nicht zeichnen lernen? **Warum** können die Leute nicht malen lernen? Studenten sollte man **Handwerk** beibringen, und keine Ideen. Denn was wir hier sehen, ist doch das Werk eines Mädchens, das ganz eindeutig nicht auf die Kunsthochschule gehört hat, sondern in eine psychiatrische Anstalt.

Schweigen.
In das Schweigen:

Geld
dumm
Schulheft
verabscheuen
Finger
lieb
Vogel
fallen
Buch
ungerecht
Frosch
sich trennen
Hunger

weiß
Kind
Aufmerksamkeit schenken
Bleistift
traurig
Pflaume
heiraten

– Eine was?
– Eine Nervenklinik. Irgendwo, wo man sie hätte / behandeln können.
– Also, ich muss schon sagen, ich finde das eine ganz außerordentliche Bemerkung, die ich nicht zu hören erwartet hätte, außerhalb eines Polizeistaats …
– Oh, **bitte** …
– … und die – nein, tut mir Leid, tut mir Leid, das muss gesagt werden – die, so scheint mir, die versuchte Wiedereinführung ist des Begriffs «Entartete Kunst» …
– Ach, Unsinn. Was für eine absurde / Überreaktion.
– … die – Unsinn? Wohl kaum – die von den Nazis verboten wurde. Ich meine, hören Sie sich doch nur mal **zu**: Sie sagen da gerade, dass diese Künstlerin keine Kunstwerke produzieren dürfte, sondern stattdessen gezwungen werden sollte, sich einer psychiatrischen Behandlung zu unterziehen.
– Ich lege doch nur nahe, dass dieses arme Mädchen …
– «Dieses arme Mädchen»
– … dieses arme Mädchen, ja, Hilfe braucht – und mit dieser Aussage habe ich, wie Sie sehr gut wissen, in keinem Moment nahe gelegt, dass man sie / «zwingen» müsste.
– Hilfe braucht? Ach, wirklich? Und nach wessen Ansicht?

Der Ansicht eines Goebbels? Der Ansicht eines Josef Stalin vielleicht? Nimmt Anne nicht gerade die entsetzlichen Konsequenzen dieser Denkweise vorweg und fragt uns, was «Hilfe» eigentlich bedeutet? Sagt sie nicht gerade: «Ich will eure Hilfe nicht»? Sagt sie nicht gerade: «Eure Hilfe unterdrückt mich»? Sagt sie nicht gerade, dass die einzige Möglichkeit, kein Opfer der patriarchalen Strukturen des Kapitalismus im ausgehenden zwanzigsten Jahrhundert zu sein, ist, **sein eigenes Opfer zu werden**? Ist das nicht die wahre Bedeutung dieser versuchten Angriffe auf ihr Leben?

– Ihr eigenes Opfer – das ist faszinierend.
– Also wirklich, das ist eine derart schwammige Argumentation.

Schweigen.
In das Schweigen:

Haus
Liebling
Glas
sich streiten
Pelz
groß
Karotte
malen
Teil
alt
Blume
schlagen
Kiste
wild

Familie
waschen
Kuh
Freund
Glück
lügen

- Nun, ich denke, welche sehr verschiedenen persönlichen Wahrnehmungsmuster wir hier auch einbringen, so sind wir uns doch alle darin einig, dass dieses Werk bahnbrechend ist. Es ist ergreifend. Es ist hochaktuell. Es ist verstörend. Es ist witzig. Es ist krank. Es ist sexy. / Es ist bitterernst. Es ist unterhaltsam. Es ist kryptisch. Es ist düster. Es ist zutiefst persönlich und wirft gleichzeitig grundlegende Fragen auf über die Welt, in der wir leben.
- (Stichwort «sexy») Das ist wirklich eine derart schwammige Argumentation. Ihr eigenes Opfer? Wenn sie wirklich – wie es scheint – versucht sich umzubringen, macht uns doch unsere Anwesenheit hier zu bloßen Voyeuren im Irrenhaus. Wenn sie aber auf der anderen Seite nur schauspielert, ist das gesamte Werk doch lediglich eine zynische Performance und im Endeffekt doppelt widerlich.
- Aber warum nicht? Warum sollte es keine / «Performance» sein?
- Genau – es wird zu einer Art / Theater.
- Ein Theater – richtig – für eine Welt, in der das Theater selbst tot ist. Anstelle der antiquierten Konvention von Dialog und so genannter Charaktere, die im **Theater** auf eine peinliche dramaturgische Auflösung zueiern, bietet uns Anne den reinen Dialog der Objekte: von Leder und Glas, von Vaseline und Stahl; von Blut, Speichel und Schokolade. Sie bietet uns nichts weniger als das Schau-

spiel ihrer eigenen Existenz, die radikale **Pornographie** – wenn ich kurz dieses abgenutzte Wort benutzen darf – ihres eigenen gebrochenen und missbrauchten – beinahe **Christus**-mäßigen – Körpers.

– Ein Objekt, mit anderen Worten. Ein **religiöses** Objekt.
– Ein Objekt, ja. Aber nicht das Objekt **anderer**, sondern das Objekt **ihrer selbst. Das** ist das Szenario, / das sie uns bietet.
– Aber das haben wir doch alles schon einmal gesehen. Haben wir das nicht alles schon einmal gesehen, im so genannten «Radikalismus» der sechziger und siebziger Jahre?

Schweigen.
In das Schweigen:

Haltung
eng
Bruder
fürchten
Storch
falsch
Sorge
küssen
Stolz
rein
Tür
wählen
Heu
zufrieden
Spott
schlafen

Monat
nett
Frau
missbrauchen

– Gesehen schon – vielleicht. Aber es nicht neu gesehen, nicht jetzt, nicht im Kontext einer postradikalen, einer posthumanen Welt, in der die Gesten des Radikalismus neue Bedeutungen annehmen, fußend auf einer Gesellschaft, in der die radikale Geste bloß eine weitere Form der Unterhaltung ist, das heißt ein weiteres Produkt – in diesem Fall ein Kunstwerk –, bestimmt für den / raschen Konsum.
– Theater hat mit alldem nichts zu tun, und ich verwehre mich mit aller Schärfe gegen die Andeutung, ich sei eine Art Nazi.

12. Seltsam!

- Sie fährt weg aus der zerbombten Stadt, in einem metallicroten Cadillac, Baujahr circa 1956 ...
- NAME!
- … als sie eine Straßensperre erreicht, erhellt von brennenden Reifen, und nach ihrem – genau – Namen gefragt wird.
- SELTSAM!
- Seltsam, dass sie dieser sachlichen Aufforderung nicht folgt, sondern stattdessen zu einer Tirade übelster Beschimpfungen anhebt. «Ihr widerlichen, stinkenden Mörder», sagt sie. «Ihr schweinefickenden schwanzlutschenden Scheißkerle.»
- SPRACHE!
- «Ihr schwesternfickenden gotteslästernden kindermordenden hirnlosen verfickten Killer.»
- SPRACHE!
- «Ich scheiße auf eure Gräber und auf die Gräber eurer Mütter und Väter …»
- IDENTITÄT!
- «… und verfluche alle kommenden Generationen.» Und dann, als sie nochmals – richtig – nach ihrer Identität gefragt wird, schweigt sie.
- SCHWEIGEN!

Schweigen.

WAS?

Schweigen.

WAS?

– Dann murmelt sie etwas von ihrem Garten und den Pflaumenbäumen und den ausgetrockneten Brunnen der Stadt. Über – was war das? – das Wasser, das sie in Plastikflaschen vorgewärmt hat, um die Wurzeln nicht zu erschrecken. Sie murmelt etwas von …
– SPRICH LAUTER!
– … sie murmelt etwas von – richtig: Sprich lauter, du Schlampe – etwas von Stromausfall, Nächten in völliger Dunkelheit und dem Verfaulen von tiefgekühltem Fleisch. Über die Frauen, die in den Straßen Topfdeckel gegeneinander schlugen als eine Art Klagelied …
– NAME!
– … über das Niederbrennen ganzer Bibliotheken voller Bücher und unersetzlicher Manuskripte und über altes Brot, heruntergeworfen von den Ladeflächen der Lastwagen, und weiter und weiter über die Pflaumen und die weißen Blumen …
– WÄHRENDDESSEN!
– … und den Geruch von Abwasser Kaffee und menschlichen Überresten, und währenddessen – richtig: währenddessen – danke – drängen sich die Soldaten um diese namenlose Frau mit den langen grauen, blutverschmierten Haaren und um den roten Cadillac, erhellt von den Stapeln brennender Reifen, und fragen sie, wo zum Teufel, wo zum Teufel sie auf dieser gottverficktverlassenen Erde denn hinwill?

Schweigen.

– WAS?

Schweigen.

WAS?

- «Zum Flughafen.»
- SPRICH LAUTER!
- «Zum Flughafen. Ich bringe mein Kind zum Flughafen. Sie müssen mich nicht anbrüllen. Ich bin eine gebildete Frau – keine Bäuerin vom Acker, die in die Stadt zog, um die Toiletten reicher Leute zu putzen. Ich habe einen Pass und ein Bankkonto mit US-Dollars, und ich bringe mein Kind zum Flughafen.»
- SELTSAM!
- «Lassen Sie mich jetzt bitte durch.» Aber, ja, eben, seltsam, wie gesagt, dass kein Kind zu sehen ist. Kind? Was für ein Kind? Und Frauen mit Pässen sehen nicht so aus. Frauen mit US-Dollars sehen nicht so aus. Ihre Haare werden beim Friseur fachgerecht mit künstlichen Strähnchen durchzogen, nicht mit menschlichem Blut. Sie fahren keinen zerbeulten Cadillac, sie besitzen einen japanischen Jeep mit Allradantrieb und einem Ersatzreifen, den sie nie benutzen werden, an die Hecktür geschnallt. Leuchten wir doch mal, ja, mit der Taschenlampe auf den Rücksitz und sehen nach, wovon sie überhaupt spricht.
- KIND? WAS FÜR EIN KIND?
- Holen wir doch mal die Gummi – was für ein Kind – genau – Taschenlampe raus und sehen nach, wovon sie da überhaupt spricht, was sie da eigentlich meint mit «Kind», diese namenlose Frau mit den langen grauen Haaren und dem von Pockennarben entstellten Gesicht. Und wo wir schon bei ihrem Äußeren sind,

warum kann sie nicht attraktiver sein? Warum kann sie nicht sympathischer sein? Warum kann sie nicht ein paar mehr Zähne haben? Warum kann sie sich nicht vorbeugen und uns ihren Arsch zeigen? Warum kann sie nicht unter Tränen zusammenbrechen, damit wir sie endlich trösten dürfen, anstatt so zu starren und zu spucken.

- SELTSAM!
- Und – was? – ja – tut mir Leid – seltsam, dass, wie gesagt, der Schein der Taschenlampe auf dem Rücksitz des Fahrzeugs nur zwei glänzende, schwarze Plastiktüten erkennen lässt, beide oben verschnürt, aber kein Kind weit und breit.
- KIND? WAS FÜR EIN KIND?
- Und jetzt murmelt sie etwas von …
- SPRICH LAUTER!
- … etwas von einer Gartenschaukel, etwas über ihr kleines Mädchen, ihre kleine Anne, ihre kleine Annushka. Etwas – was war das? Sprich lauter – etwas über ihre Annushka «in den Tüten» und ihren Wunsch, ihren dringenden Wunsch, diese Tüten zum Flughafen zu bringen mit ihrer Bildung und ihrem Bankkonto mit US-Dollars, und sie will Flugtickets kaufen.
  Begreift sie denn nicht, dass der Flughafen geschlossen ist?
  Hat sie nicht gehört, dass die Startbahnen bombardiert wurden?
  Hat sie nicht gesehen, dass ferngesteuerte Raketen den Beton haben aufspritzen lassen wie Steine, die man in einen Pool wirft?
- SELTSAM!

- Kann sie die flirrende Hitze des brennenden Flugbenzins nicht spüren? Nein. Seltsam, dass, wie gesagt, sie zu glauben scheint, der Flughafen sei wie gewohnt in Betrieb. Seltsam, dass sie zu denken scheint, die weißen Strände dieser Welt und die großen Metropolen lägen noch immer wenige planmäßige Flugstunden entfernt.
- SELTSAM!
- Diese namenlose Frau scheint, wie seltsam, anzunehmen, dass sie noch immer über ein Bankkonto mit einer Plastikkarte verfügt und erster Klasse mit der kleinen Anne, mit Annushka, aus der Reichweite der Gewehre und Äxte wegfliegen kann, in eine Stadt voller Kunstgalerien, Neonlichter, bezaubernder Cafés und verführerisch dekorierter Schuhe.
- SELTSAM!

Schweigen.

- Und ja – seltsam – niemand fordert sie auf, zu sagen, was sie denn meint mit «Annushka in den Tüten».
- SELTSAM!

Schweigen.

- Und ja – seltsam – niemand fordert eine Durchsuchung der Tüten.
- SELTSAM!

Schweigen.

- Und ja – vielleicht das Seltsamste von allem – niemand

fragt, warum ein Kind in zwei Tüten sein sollte statt in einer.

Schweigen.

– SELTSAM!

- **Dann** entdecken wir, dass sie von geheimnisvollen Strahlen infiltriert ist, die sie auf Fotos unsichtbar machen.
- Was? Röntgenstrahlen?
- Nein, keine Röntgenstrahlen. Eine neue Art Strahlen. Eine neue Art Strahlen, hervorgerufen durch eine Katastrophe im **Welt / all.**
- Heißt das – okay –, dass sie über diese Strahlen, soll damit gesagt werden, mit **Außerirdischen** kommuniziert?
- Nicht **kommuniziert.** Nein. Die Außerirdischen **benutzen** sie. Sie benutzen sie, aber **ohne ihr / Wissen.**
- Die Außerirdischen – stimmt – benutzen ihr Gehirn als eine Art Trojanisches Pferd, für eine schrittweise Unterwanderung des gesamten menschlichen / **Bewusstseins.**
- Und das Beängstigende dabei ist, ist eben, sie könnte jeder von uns sein.

14. The Girl Next Door

She's the girl next door
She's the fatal flaw
She's the reason for
The Trojan War

She is royalty
She practices art
She's a refugee
In a horse and cart

She's a pornographic movie star
A killer and a brand of car
A KILLER AND A BRAND OF CAR!

She's a terrorist threat
She's a mother of three
She's a cheap cigarette
She is Ecstasy

She's a femme fatale
She's the edge of the knife
She's one helluva gal
She's Intelligent Life

She's a presidential candidate
For every little warring state
EVERY LITTLE WARRING STATE!

She winters in the south
She collects antiques
She has a big mouth
But she never speaks

She's given a spade
At the edge of a wood
To dig her own grave
By a man in a hood

She drives a tank
Over neonates
While choosing to bank
At competitive rates

She bombs by stealth
Has unlimited wealth
White knobbly knees
WHAT? KNOBBLY KNEES?
Yes. Knobbly knees
And speaks fluent Japanese

O-shigoto wa nan desu ka?
Oku-san wa imasu ka?
OKU-SAN WA IMASU KA?

She's an artificial tan
She's the fat in the pan
She's the film in the can
She's the shit in the fan

She's the one who ran
When the shooting began

She's the girl with a plan
She's a boy with a man
She's a dyke with a femme
She's a man with a van

She's a dedicated football-fan
With limited attention-span
LIMITED ATTENTION-SPAN!

She's the predator
She's the god of war
She's the fatal flaw
She's the girl she's the girl
She's the girl she's the girl
She's the girl she's the girl
SHE'S THE GIRL NEXT DOOR!

15. Die Aussage

– Sie sagen, sie fährt bei Wind und Wetter mit dem Rad?
– Bei Wind und Wetter. Stimmt.

Schweigen.

– Und trägt einen Hut.
– Ja. Sie trägt einen Hut.
– Den sie, Ihrer Aussage nach, selbst gestrickt hat.
– Ich glaube, ja.

Schweigen.

– Sie züchtet Tomatenstauden in …
– Margarineschachteln.
– Margarineschachteln.
– Stimmt.

Schweigen.

Oder Joghurt …
– Joghurtbechern.
– Ja.
– Verstehe.

Schweigen.

Warum, glauben Sie, tut sie das?
– Was? Tomatenstauden züchten?
– Ja.

Schweigen.

– Für Feste.
– Für was?
– Feste. Sie verkauft sie auf Festen.
– Natürlich. Und ich nehme an, sie bringt sie auf diese Feste mit ihrem Rad.
– Stimmt, ja.
– Bei Wind und Wetter.
– Stimmt, ja.
– In einem Pappkarton.
– Stimmt, ja.
– Warum, glauben Sie, tut sie das? Warum, glauben Sie, bringt sie diese, was, diese Tomatenstauden in Joghurtbechern, warum, glauben Sie, bringt sie sie zu diesen Festen in einem Pappkarton bei Wind und Wetter auf ihrem Rad?

Langes Schweigen.

Sie haben ausgesagt, Zitat als Kind musste sie sich oft das Bett mit zwei oder drei ihrer jüngeren Geschwister teilen Zitatende. Bleiben Sie bei dieser Aussage?
– Ja.
– Warum?
– Weil es so war.
– «Weil es so war.»
– Weil es so war, ja. Weil sie arm waren. Weil sie nichts hatten.
– ’ne andere Welt, was?

Schweigen.

Wenn Sie hier kurz unterschreiben würden.
- Was?
- Ja. Wenn Sie hier kurz unterschreiben würden, zur Bestätigung, dass Sie die Aussage gelesen haben und sie der Wahrheit entspricht.

Schweigen.

Entspricht sie etwa nicht der Wahrheit?
- Wenn ich einen Stift haben könnte …

Ein Stift wird gezückt, die Kappe abgenommen. Das Dokument wird unterzeichnet und zurückgereicht. Schweigen.

Wär's das?
- Fürs Erste ja. Danke.

Schweigen.

Herzlichen Dank.

Schweigen.

16. Pornó

Der Text wird hauptsächlich von einer sehr jungen Frau gesprochen. Wenn sie spricht, werden ihre Worte leidenschaftslos in eine afrikanische, südamerikanische oder osteuropäische Sprache übersetzt.

– Die besten Jahre ihre Lebens liegen noch vor ihr.
– [Übersetzung]
– Sie könnte siebzehn sein, oder achtzehn …
– [Übersetzung]
– … aber im Idealfall ist sie jünger …
– [Übersetzung]
– … vierzehn vielleicht oder noch jünger.
– [Übersetzung]
– Es ist sehr, sehr wichtig zu begreifen, dass sie die Kontrolle hat.
– [Übersetzung]
– Bei allem, was geschieht, hat immer sie die Kontrolle.
– [Übersetzung]
– Selbst wenn es brutal oder gefährlich aussieht.
– [Übersetzung]
– Was es nicht ist.
– [Übersetzung]
– (schwaches Lachen) Offensichtlich.
– [Übersetzung]
– (schwaches Lachen) Natürlich gibt es keine nennenswerte Handlung …
– [Übersetzung]
– … oder Charaktere.
– [Übersetzung]

- Mit Sicherheit nicht im konventionellen Sinn.
- [Übersetzung]
- Aber das bedeutet nicht, dass man kein Handwerk braucht.
- [Übersetzung]
- Denn das, was wir sehen, muss echt sein, und nicht nur gespielt.
- [Übersetzung]
- Mehr als ein Job.
- [Übersetzung]
- Nicht nur so tun, als ob – aus dem einfachen Grund, weil es wirklich geschieht.
- [Übersetzung]

Eine Pause. Sie scheint ihren Text vergessen zu haben und sieht sich nach einem Souffleur um.

- Ja?
- (souffliert) Ihre Arbeit macht ihr Spaß.
- Was?
- (energischer souffliert) Ihre Arbeit macht ihr Spaß.
- Ihre Arbeit macht ihr Spaß.
- [Übersetzung]
- Sie ist jung und fit und mit ihrem Körper ganz glücklich.
- [Übersetzung]
- Wie sie ihren Körper benutzt, ist ihre Entscheidung.
- [Übersetzung]
- Offensichtlich.
- [Übersetzung]
- Porno hindert sie nicht an einem normalen Leben.
- [Übersetzung – in der Übersetzung sollte «Porno» eine auffällige Betonung haben: «Pornó»)
- Sie hat einen festen Freund …

– [Übersetzung]
– … und all die normalen Interessen eines Mädchens ihres Alters.
– [Übersetzung]
– (schwaches Lachen) Klamotten.
– [Übersetzung]
– Jungs.
– [Übersetzung]
– Make-up. Haustiere.
– [Übersetzung]
– Musik.
– [Übersetzung]
– Der Unterschied ist …
– [Übersetzung]
– … ist nur, dass Porno ihr jene Art Sicherheit und Unabhängigkeit verschafft, um die sie viele Frauen beneiden würden.
– [Übersetzung]
– Porno …
– [Übersetzung]
– … ist in Wahrheit ein Weg, die Kontrolle zu übernehmen.
– [Übersetzung]
– Porno …
– [Übersetzung]
– … ist in Wahrheit das Gegenteil von dem, was es scheint.
– [Übersetzung]
– Denn sie **konsumiert** die Bilder nicht …
– [Übersetzung]
– … sie produziert sie.
– [Übersetzung]
– Das ist für sie, unter anderem, das Schöne an Porno.
– [Übersetzung]

Wieder eine Pause. Sie scheint ihren Text vergessen zu haben: wobei dies eine Verzweiflung beinhalten sollte, die aber auf keinen Fall je veräußerlicht werden darf. Sie sieht sich nach einem Souffleur um.

- Ja?
- (souffliert) Sie ist nicht unempfänglich für das Abendlicht.
- Was?
- (energischer souffliert) Sie ist nicht unempfänglich / für das Abendlicht.
- Sie ist nicht unempfänglich für das Abendlicht, wenn es die Wipfel der Kiefern in glühendes Orange taucht.
- [Übersetzung]
- Sie hat ein Innenleben.
- [Übersetzung]
- Sie ist empfänglich für die Welt.
- [Übersetzung]
- Dieses Szenario eines mit Drogen gefügig gemachten Kindes …
- [Übersetzung]
- … erniedrigt …
- [Übersetzung]
- … und dann ohne sein Wissen fotografiert oder gefilmt …
- [Übersetzung]
- … ist eine lachhafte Karikatur.
- [Übersetzung]

Wieder eine Pause. Wieder sieht sie sich nach einem Souffleur um.

- Ja?
- (souffliert) Es wird für alles gesorgt.

- Was?
- (energischer souffliert) Es wird für alles gesorgt, was sie braucht.

Pause.

- Ich kann nicht.
- [Übersetzung von «Ich kann nicht»]

Pause.

- Ich kann nicht.
- [Übersetzung von «Ich kann nicht»]

Sie wendet sich ab. Kurze Verwirrung. Aber dann übernimmt ein anderer Sprecher. Wahrscheinlich ist mittlerweile sogar das restliche Ensemble aufgetreten und könnte sich den folgenden Text teilen, während das erste Mädchen ein Glas Wasser trinkt und sich allmählich erholt. Wieder sollte nicht klar erkennbar sein, ob sie Lampenfieber hat oder wirklich verzweifelt ist.
Der Übersetzer bleibt ungerührt.

- Es wird für alles gesorgt, was sie braucht. Sogar für eine ordentliche Schulbildung.
- [Übersetzung]
- Mit einundzwanzig werden die besten Jahre ihres Lebens noch vor ihr liegen …
- [Übersetzung]
- … und sie wird genug Geld auf der Bank haben durch Porno.
- [Übersetzung]

- Nicht jeder hat diesen Start ins Leben.
- [Übersetzung]
- Oder ihre Möglichkeiten.
- [Übersetzung]
- Offensichtlich.
- [Übersetzung]

Die junge Frau steigt nach und nach wieder ein, unterstützt von den anderen Stimmen.

- Sie könnte zum Beispiel Model werden …
- [Übersetzung]
- … ein Fernsehstar …
- [Übersetzung]
- … ihre eigene Dorfkneipe aufmachen oder um die Welt reisen.
- [Übersetzung]
- Sie könnte Malerin werden …
- [Übersetzung]
- … Profi-Schwimmerin …
- [Übersetzung]
- … oder ihr Diplom in Chemotechnik erwerben.
- [Übersetzung]

Alle mit wachsendem Elan.

- Anne könnte die Welt verändern …
- [Übersetzung]
- … das Leiden der Tiere beenden …
- [Übersetzung]
- … das Leiden der Menschen beenden …
- [Übersetzung]

– … und lernen, wie man Hubschrauber fliegt.
– [Übersetzung]

Geigen setzen mit leidenschaftlicher Zigeunermusik ein.

– Anne wird die Ressourcen der Welt gerecht über den Erdball verteilen …
– [Übersetzung]
– … die Entrechteten aus dem Staub aufheben …
– [Übersetzung]
– … ohne auch nur im Entferntesten die Privilegien der Mittelschicht anzutasten.
– [Übersetzung]
– Sie wird die Theorien der Psychoanalyse populär machen …
– [Übersetzung]
– … indem sie die Wurzeln des menschlichen Verhaltens erforscht …
– [Übersetzung]
– … in einer Serie wöchentlich erscheinender Zeitschriftenartikel.
– [Übersetzung]

Die Musik steigert sich.

– Anne hat die Erde vom Weltall aus gesehen …
– [Übersetzung]
– … die Gebirgsfalten …
– [Übersetzung]
– … und die kobaltblauen Windungen der Flüsse.
– [Übersetzung]
– Sie hat die Massengräber ausgehoben …

- [Übersetzung]
- … und die zertrümmerten Schädel der Toten untersucht.
- [Übersetzung]
- Sie hat Informationen durch die Glasfaserkabel geschickt …
- [Übersetzung]
- … und mit Lichtteilchen getanzt.
- [Übersetzung]

Die Musik steigert sich. Die Sprecher teilen sich in zwei simultan redende Gruppen, jede Gruppe wird leidenschaftslos in eine andere Sprache übersetzt.

- Anne hat mit einem Schlauch die Straßen von Bukarest abgespritzt …
- [Übersetzung]
- … und dem fötalen Herzschlag gelauscht.
- [Übersetzung]
- Sie ist mit den Polarkappen geschmolzen …
- [Übersetzung]
- … und in die fruchtbaren Deltas geflossen.
- [Übersetzung]
- Sie hat einer importierten Biermarke ihren Namen gegeben.
- [Übersetzung]

- Anne wird Ihnen jetzt die Crash-Position demonstrieren …
- [Übersetzung]
- … die Sie einnehmen sollten, sobald die Flugbegleiter Sie dazu auffordern …
- [Übersetzung]
- Kopf nach unten.
- [Übersetzung]
- Die Knie angezogen.
- [Übersetzung]
- Sollte der Druck in der Kabine sinken …
- [Übersetzung]
- … fallen automatisch

– Sie hat eine ganze Zeitungsseite gekauft …
– [Übersetzung]
– … um eine umfassende und vorbehaltlose Entschuldigung abzudrucken.
– [Übersetzung]
– Sie hat Zigeuner ausgerottet …
– [Übersetzung]
– … und einen Strauß vierblättriger Kleeblätter gekauft.
- [Übersetzung]
– Sie hat am Kreuz gehangen, um zu sterben …
– [Übersetzung]
– … ist am dritten Tage wieder auferstanden von den Toten …
– [Übersetzung]
– … hat sich einen Bart wachsen lassen …
– [Übersetzung]
– … und triumphal in Mekka Einzug gehalten.
– [Übersetzung]
– Anne wird uns von den Ängsten unseres Jahrhunderts erlösen …

Sauerstoffmasken aus der Kabinendecke.
– [Übersetzung]
– Ziehen Sie die Masken zu sich heran und drücken Sie sie fest auf Mund und Nase.
– [Übersetzung]
– Stellen Sie während der Sauerstoffzufuhr das Rauchen ein.
– [Übersetzung]
– Bitte vergewissern Sie sich, dass Ihr Sicherheitsgurt geschlossen ist …
– [Übersetzung]
– … Ihr Tisch nach oben geklappt ist …
– [Übersetzung]
– … und Ihre Rückenlehne senkrecht gestellt ist.
– [Übersetzung]
– Während des Fluges …
– [Übersetzung]
– … kommen wir an Ihren Platz mit einer Auswahl zollfreier Artikel.
– [Übersetzung]
– Anne wird uns von den

- [Übersetzung]
- … und ein Zeitalter einleiten, in dem das Spirituelle und das Materielle …
- [Übersetzung]
- … das Kommerzielle und das Triviale …
- [Übersetzung]
- … die Welle und das Teilchen …
- [Übersetzung]
- … endlich miteinander versöhnt sein werden!
- [Übersetzung]

Ängsten unseres Jahrhunderts erlösen …

- [Übersetzung]
- … und ein Zeitalter einleiten, in dem das Spirituelle und das Materielle …
- [Übersetzung]
- … das Kommerzielle und das Triviale …
- [Übersetzung]
- … die Welle und das Teilchen …
- [Übersetzung]
- … endlich miteinander versöhnt sein werden!
- [Übersetzung]

Die Musik schwillt an.

17. Ursprünglich tiefgekühlt

- Okay, ihr geht also eine Menge durch den Kopf. Die Dinge haben sich
- Das stimmt wohl.
- ... die Dinge haben sich was? Die Dinge haben sich für sie **geändert** im Laufe der letzten paar Jahre.
- Ja, unbedingt, das stimmt.
- Ich meine, wir können sehen – machen wir uns nichts vor: wir sehen doch, dass etwas gestorben ist.
- Etwas ist was?
- Gestorben. Etwas / ist gestorben.
- Sie spürt, dass sie gescheitert ist.
- Genau. Sie spürt, dass ihre Arbeit gescheitert ist.
- Aber auch als Mensch – ihre Arbeit, ja – aber auch als Mensch spürt sie, dass etwas, etwas in ihrem Innern gestorben ist.
- Und **ist** es?
- Was?
- Und **ist** es gestorben?
- Ist was gestorben?
- Dieses Etwas, dieses so genannte Etwas in ihrem Innern.
- Welches so genannte Etwas?
- Dieses Etwas, dieses Etwas, dieses Etwas, dieses Etwas / in ihrem Innern.
- In ihrem Fall, ja, sagen wir, es **ist** gestorben. Sagen wir, dass alles, wofür sie jemals gearbeitet hat – ihr ganzes Leben –, gestorben ist. (Lachen) Sagen wir, bis zu diesem Punkt war ihr Leben was? was? was? wie ein ...
- Buch?
- Wie ein Buch, wie ein ...

- Faden?
- Wie ein Buch, wie ein Faden, wie ein …
- Boot?
- Wie ein Boot. Sagen wir, ihr ganzes Leben – ja, sehr gut – war bis zu diesem Punkt wie ein Boot, ein kleines Boot …
- Das dahintreibt.
- … das glücklich auf einem See dahintreibt. Doch jetzt spürt sie das Wasser …
- Wie es durch die Ritzen kommt?
- Eindringt.
- Wohin eindringt?
- Ihr gebrochenes Herz.

Lachen.

- Ihr gebrochenes – genau – ja – unbedingt – Herz. Sie spürt, wie das Wasser des Sees eindringt in ihr / gebrochenes Herz.
- Ihre **Arbeit** verlassen. Ihr **Zuhause** verlassen von ihren Kindern.
- Sie **selbst** verlassen von ihrem **Mann**. Wo steckt **der** eigentlich jetzt?
- Paris? Prag? / Wien? Berlin?
- Paris? Prag? Wo er gerade fickt? Wo er gerade, oder, eine andere fickt, halb so alt wie sie, in einer Stadt mit Renaissance-Palästen und / Barock-Kathedralen? Wo er sich gerade die Verwirklichung einer pubertären Phantasie gönnt, während sie versucht, ihr Leben wieder in den Griff zu kriegen.
- Aber sie war nie verheiratet.
- Sie war nie was?
- Nie verheiratet. Sie hat nie an die Ehe geglaubt.

– Okay. Vielleicht hat sie nie daran geglaubt, aber verheiratet war sie trotzdem.

Lachen.

– Mit Paul.
– Wem?
– Mit Paul.
– Paul? Mit Paul war sie doch nicht **verheiratet.**

Lachen.

– Was denn dann?
– Keine Ahnung. Er war nur so eine Art, so eine Art, so eine Art … / **Person.**
– Wie Rauchen.
– Was? Genau. Ja. Wie Zigaretten-Rauchen.

Schweigen.

– Apropos, wusstet ihr, dass sie noch immer diesen großen Aschenbecher mit Ständer hat?
– Apropos was?
– Das. Apropos das.
– Hat sie nicht.
– Doch, hat sie. Sie trägt ihn immer noch mit sich herum von / einem Zimmer zum anderen.
– Das ist ein abscheuliches Ding.
– Das ist kein abscheuliches Ding.

– Ein Ding wie aus der Lobby eines billigen Hotels, diese Art Hotel,	– Und ob. Wie ein **Spucknapf.** Oder wie heißt dieses

wo man für ein paar
Stunden nachmittags
unter der Woche ab-
steigt, in einer fremden
Stadt, mit einem Mann,
den man / gerade erst
kennen gelernt hat.
- Mit einem Mann, den
man nie wiedersehen
wird.
- Mit einem Mann – ge-
nau –, den man gerade
erst kennen gelernt hat
und den man gar nicht
erst wiedersehen will.
Mit Chromschale und
Chromständer und der
Aura von spontanem un-
geschütztem Sex in billi-
gen Hotelzimmern. Ein
Cuspidor? Was ist das?
- Ein Ding zum Reinspucken.

andere Ding?
- Welches Ding meinst
du?
- Dieses Ding.
Das Wort.
Dieses andere Wort.
- Welches?
Für Spucknapf?
- Humidor?
- Nein.
Nicht Humidor, aber
so ähnlich.

Pause.

- Cuspidor?
- Cuspidor.
Stimmt.
Wie ein Cuspidor.

- Sie spuckt aber nicht. Worum geht es hier überhaupt? Sie heiratet nicht. Sie hat keine Kinder. Und mit Sicherheit / spuckt sie nicht.
- Es sagt ja auch niemand, dass sie spuckt.
- Und warum hat sie dann dieses Ding zum Reinspucken?
- Sie hat kein Ding zum Reinspucken, sie hat ein Ding, das / so **ähnlich** ist.
- Aber was ist dann in dem Fall ein Humidor?
- Humidor ist Spanisch. Wie Matador.
- Wie Conquistador.

– Ein Kasten, in dem man / Zigarren lagert.
– Ein Kasten – stimmt –, in dem man Zigarren lagert.

Schweigen.

– Ja gut. Was? Sie arbeitet nicht?
– Sie **arbeitet.**
– Sie **hat** gearbeitet.
– Sie **kann** arbeiten.
– Sie **wird** arbeiten.
– Sie wird **nicht** arbeiten.
– Was?
– Sie wird nicht arbeiten.
– Aber sie beherrscht doch ihr Handwerk.
– Klar beherrscht sie ihr Handwerk, aber das Handwerk, das sie beherrscht, scheint nicht in die Welt zu passen, in der sie lebt. Ihre gesamte **Arbeit** scheint nicht in die Welt zu passen, in der sie lebt. Sie kann nur noch monoton den Aschenbecher umkreisen oder wahllos Bücher aus dem Regal zerren.
– Wenn jetzt jemand sagt: Klassiker …
– Stimmt – genau die Klassiker, die sie vor zwanzig oder dreißig Jahren als Studentin hätte lesen sollen.
– Und genau wie vor zwanzig Jahren kommt sie über die Einleitung nicht hinaus.

Lachen.

– Die Stellen, die sie mit krakeligem schwarzem Kugelschreiber unterstrichen hat …
– Diese Stellen – genau – mit Kugelschreiber von ihr unterstrichen, weil sie gedacht hat, sie hätten eine was? Eine **Bedeutung**?

– Oder weil man ihr's beigebracht hat.
– Weil man ihr was?
– Beigebracht hat. Nicht unbedingt gedacht, sondern beigebracht. Beigebracht, dass sie eine / Bedeutung hätten.
– Also, ob jetzt gedacht oder beigebracht, Tatsache bleibt doch: sie ist ziemlich oberflächlich.
– Okay, du meinst, Oberflächlichkeit ist eher kein Anachronismus in der Welt, / in der sie lebt.
– Genau, das meine ich: Sie liest lieber nur oberflächlich. Sie pickt sich lieber nur Teile heraus. Den Teil eines Rezepts. Den Teil eines Briefes. Den Teil / eines Artikels.
– Den Teil eines Rezepts. Den Teil eines Briefes, der wiederum antwortet auf einen Brief, den sie nie gelesen hat, über einen Artikel, der ihr entgangen ist.
– Welcher Artikel war das?
– Er ist ihr entgangen.
– Er ist ihr entgangen – okay – aber wir können uns hier trotzdem ruhig vorstellen, was ihr womöglich entgangen ist.
– Diese Sache über den Schauspieler.
– Diese Sache über den Politiker.
– Diese Sache über den frischen Lachs.
– Diese Sache über den Mörder.
Wie er der Mutter des Kindes insgesamt 37 Stichwunden zufügte, während das Kind schlief.
– Und zwar sein eigenes Kind.
– Nein, nicht sein eigenes Kind. Aber sein eigenes Kind war dabei.

– Welche Sache war das denn?
– Der Lachs?
– Ja.
– Na, wie man das Wort «frisch» definiert.
Was das Wort «frisch» in

- Er brachte sein Kind mit, weil es zuschauen sollte.
- Er brachte sein eigenes Kind mit – stimmt –, weil es ihm dabei zuschauen sollte, wie er die Mutter des anderen Kindes ermordet.

einer Formulierung wie «frischer Lachs» eigentlich bedeutet.
- Du meinst, kann es bedeuten «ursprünglich tiefgekühlt»?
- Genau.

Er hat **was**?
- Sein eigenes Kind mitgebracht. Sein eigenes Kind mitgebracht, im Pyjama, weil es ihm zuschauen sollte. Wie er sie ersticht. Ja.

Schweigen.

- Und **kann** es das?
- Kann es was?
- «Ursprünglich tiefgekühlt» bedeuten?

Schweigen.

Der Handel mit Clair (Dealing With Clair)

Deutsch von Nils Tabert

Die Uraufführung von Der Handel mit Clair war am 14. Oktober 1988 am Orange Tree Theatre, Richmond (Regie: Sam Walters). —— Die deutschsprachige Erstaufführung war am 6. Juni 2000 am Schauspiel Leipzig (Regie: Matthias Brenner). —— Personen: James, in den 50ern, ein Barkäufer —— Mike (30) und Liz (30), die Verkäufer —— Clair (25), handelt im Auftrag der Verkäufer —— Anna (17), das italienische Kindermädchen der Verkäufer —— Ashley (25), ein Handwerker —— Vittorio (22), ein Freund von Anna —— Toby (25), ein Kollege von Clair —— Ort: London —— Zeit: Ende der 1980er, der Monat August, ausgenommen die Schlussszene, die im Oktober desselben Jahres spielt. —— Es gibt drei Schauplätze: 1. Ein Zimmer im Haus der Verkäufer. Durchgänge zum Flur und zur Küche. Ein großes Schiebefenster mit Nordblick; 2. Clairs Wohnung. Ein kleines Atelierzimmer; 3. Der Garten der Verkäufer. —— Ein frei stehendes Komma (,) zeigt eine Pause an, deren genaue Länge sich aus dem Kontext ableiten muss.

Erster Akt

Erste Szene

Dunkelheit.
Das Geräusch eines herannahenden Hochgeschwindigkeitszuges. Auf seinem Höhepunkt wird das Licht hochgezogen und zeigt Clair, die nachts in ihrer winzigen Wohnung telefoniert. Draußen fährt der Zug direkt am Fenster vorbei. Erst als er leiser wird, hört man sie sprechen.

Clair … Einfach dass wir zwischen den Fronten stehen, und insofern gibt's da natürlich gewisse Aggressionen, um die es sich **auch** handelt. Wir verhandeln die mit, aber
Aggressionen, Aggressionen, Aggressionen, nicht
Aggressionen, **nicht Gewalt.** Einfach einfach
Hör mir doch zu, bitte: **nicht Gewalt**, einfach dass dass dass bei den
Leuten, ja, die Gefühle **erregt** sind, natürlich sind ihre Gefühle erregt, und insofern ist das eine Belastung, es ist Stress, ja, da zu verhandeln, keine Frage, mit Leuten zu verhandeln, **ja. Aber**
Das
Das
Das macht mir Spaß. Das kann ich gut, okay?

Das Geräusch eines herannahenden Zuges. Sie hebt die Stimme.

Ich bin nicht **wütend**. Ich bin nicht wütend, ich will nur **erklären**. Okay, ich höre mich wütend **an**, aber ich **bin nicht** wütend, ich will nur ein, zwei Sachen erklären, ein, zwei Sachen über

Der Zug fährt vorbei und macht das Sprechen für einen Moment unmöglich.

ein, zwei Sachen über **was**? (Lacht.)

Was für ein junger Mann? Was für ein junger Mann? Ach komm, komm schon, es gibt keinen «jungen Mann».

Toby? (Lacht.) Toby ist Schnee von gestern. Ich werde ihm nie verzeihen, was im Restaurant passiert ist.

Was? Hab ich dir das nicht erzählt? Hab ich dir nicht erzählt, was im Restaurant passiert ist? Die **Rechnung**? Okay, wir sind zu, keine Ahnung, sechst? oder acht? bei diesem schicken Italiener (du bist sicher, ich hab dir das nicht erzählt?)

Na gut, und wir feiern die Eröffnung vom neuen Büro (weil wir plötzlich **überall** neue Büros eröffnen – völlig verrückt) und jedenfalls

Jedenfalls, als die Rechnung kommt, denken natürlich alle, dass wir sie teilen, wir teilen sie durch sechs oder durch acht oder durch wie viele wir eben sind.

Genau. Aber dann fängt Toby, Toby, Toby fängt an zu verhandeln und sagt, dass **wir** zwei beide (als wären wir so eine Art Ehepaar) dass **wir** zwei beide weniger hatten als die anderen.

Genau. Natürlich gehört sich das nicht. Aber er

fragt nochmal nach der Karte, und er lässt (nicht zu fassen, oder?) lässt jeden seinen getrennten Betrag ausrechnen, und ich will in dem Moment nur noch

Ja genau: sterben. Und natürlich decken sich die getrennten Beträge völlig klar nicht mit der genauen Summe auf der Rechnung. Aber er lässt nicht locker, er macht einfach weiter und weiter und weiter, wer das Getränk hatte, wer dieses Essen

Das Geräusch eines herannahenden Zuges. Sie hebt die Stimme.

wer Kaffee hatte, wer **keinen** Kaffee hatte. Und das Schlimmste ist, dass ich da mit reingezogen werde, ich werde mit reingezerrt, weil Toby mich verwickelt, in diesen aberwitzigen aberwitzigen aberwitzigen, diesen aberwitzigen … **Vorgang.**

Der Zug fährt vorbei. Clair kramt in ihrer Tasche.

Ja, ja, ja, natürlich höre ich zu. Ich suche nur nach ich suche nur nach

Nein, ich »suche nicht nach einer Zigarette«. Du weißt, ich hab aufgehört. (Sie holt eine Zigarette hervor.) Ja, ich **verspreche** dir, ich hab aufgehört. Ich suche nur – Sekunde … (Sie wendet sich ab und zündet die Zigarette an.) … Ich suche nur nach … meinem Kalender. Ich dachte, ich hätte meinen Kalender verloren. Aber er ist hier … in meiner Tasche.

Ich lüge nicht. Ich weiß, dass es dich umbringt. Deshalb hab ich ja aufgehört, okay? (fröhlich) Hör mal, hab ich dir erzählt, dass ich renoviert habe?

Stimmt. Feiertag, Montag. Ich hab die ganze Wohnung gestrichen, in einer Art … (sieht sich im Zimmer um) einer Art … na ja, du würdest wahrscheinlich sagen neutral, ist keine wirkliche Farbe, es ist eine Art Nichts, nur so eine Art Nichts irgendwie was?

Damit **leben**? Ich **werde nicht** damit leben.

Ja, ich **weiß**, dass ich sie gerade erst gekauft habe, aber ich habe sie nicht gekauft, um darin zu **leben**, ich hab sie gekauft, um sie zu verkaufen, wie du genau weißt. Und überhaupt, was ist verkehrt mit neutral?

Eine Pause. Clair scheint sich vom Telefonat zurückzuziehen. Ein Zug fährt vorbei, aber weit entfernt.

Tut mir Leid. Ich hab geträumt. Was?

Tja ich **weiß**, du und Dad hättet nicht so gedacht. Ich **weiß**, ihr wart dankbar, überhaupt ein Heim zu haben. Ich **weiß**, ihr musstet sparen. Ich **weiß**, ihr musstet Opfer bringen, aber die Welt hat sich nun mal geändert. Warum **sollten** wir Opfer bringen? Opfer für was? Ich habe keinen, **für** den ich Opfer bringe, und mit Sicherheit hab ich nicht vor, mich **selbst** zu opfern, wirklich nicht. **Und** zufällig bin ich sehr glücklich mit meinem Leben.

Tja tut mir Leid. Tut mir Leid, wenn ich mich nicht glücklich anhöre. Dann verrat mir kurz, wie sich «glücklich» anhört – okay? (Sie lacht – und hat eindeutig auch Mum zum Lachen gebracht.) Ja genau. Und außerdem ist es ja nicht für immer.

Häuser verkaufen. Das ist nicht für immer. Wer

weiß, was ich dann mache? Vielleicht ein Vermögen scheffeln und einfach … verschwinden.

(Lacht.) Stimmt. Abhauen.

Das Geräusch eines herannahenden Zuges. Clair geht zum Fenster.

(Lacht.) Natürlich kannst du mitkommen. Ich kaufe euch beiden eine Villa am Strand.

Genau: direkt am Wasser.

Meilenweit Sand und blaues Meer. (Sie lacht und wendet sich zum Fenster.)

Auf dem Höhepunkt des Zuglärms: Blackout.
Das Rauschen und Quietschen des Zuges geht weiter – bis es schließlich verklingt, während das Licht für die nächste Szene hochgezogen wird.

Zweite Szene

Ein Zimmer im Haus der Verkäufer. Vormittag.
Clair steht, genau wie in der vorigen Szene, vor einem großen Fenster, mit dem Rücken zum Raum.
Mike steht auf der anderen Seite des Raums und sieht sie an.
Nach einem langen Schweigen spürt sie seinen Blick und wendet sich um. Beide lächeln.

Mike Tja, tut mir Leid, ich hab Ihnen gar nicht den Garten gezeigt.

Clair Ich denke, ich muss nicht extra nach draußen.

Mike Leider geht er nach Norden.
Clair Ja, aber es ist ein Garten.

Beide lachen schwach.

Was da die Mauer hochwächst …
Mike Ja, das ist Wein.
Clair Ah, das ist gut. Wein macht sich immer gut.
Mike Ja, darum haben wir ihn auch gepflanzt, leider. Weil, wir mochten es, wie es war, aber wir haben uns da draußen die größtmögliche Mühe gegeben, mit Blick auf den Verkauf.
Clair Die Platten.
Mike Ja, diese Platten hab ich verlegt.
,
Leider hat er nie Trauben getragen.
Clair Na ja … (unwichtig)
Mike Ich weiß gar nicht, was wir damit tun würden, wenn doch. Wir sind keine Gärtner, und Sie?
Clair Sie machen Witze.

Beide lachen schwach.

Darf ich fragen, wie lange Sie hier schon wohnen?
Mike Sind ein paar Jahre jetzt. Tja, das war unser Plan. Ich denke, bleibt man viel länger an ein und demselben Ort, tritt man bedauerlicherweise bald auf der Stelle.
Clair Tja, im gegenwärtigen Klima …
Mike Stimmt.
,
Gut.

Clair	Tja, ich denke, wir veranschlagen wohl so einhundertfünfundsiebzigtausend Pfund.

Mike	Einhundertfünfundsiebzig.

Clair	Ich denke, wir können es versuchen.

Mike	Klar.

,

Clair	Sie sind darüber nicht glücklich.

Mike	Eigentlich würden wir gern einhundertneunzig versuchen.

Clair	Einhundertneunzig.

Mike	Na ja, ich denke schon, oder.

Clair	Sie wissen, dass vor kurzem Nummer fünf verkauft wurde.

Mike	Und für wie viel?

Clair	Einssiebzig.

Mike	Einssiebzig, und wann?

Clair	Vor ungefähr einem Monat. Natürlich erzielen Leute mit diesen älteren Objekten momentan einige sehr gute Preise. Und das hier ist eine gute Straße.

Mike	Natürlich gab es hier viele Mieter.

Clair	Ja, aber das ändert sich gerade.

Mike	Wirklich schlimm, was mit den Mietern passiert.

,

Sie wissen, wir haben hier vier Schlafzimmer.

Clair	Nun, ja, Sie haben dieses –

Mike	Genau, denn die meisten dieser Objekte haben nur drei. Nummer fünf hat nur drei.

Clair	Es hat kein Fenster, oder.

Mike	Es hat an sich kein Fenster, aber die Größe ist gut. Wir haben übrigens unser italienisches Mädchen drin untergebracht. Die Atmosphäre gefällt ihr. Hier, meine ich. In England. Sie kommt aus Neapel.

Clair Aber nicht das Zimmer.

Mike Bitte?

,

Nein, sie fühlt sich in dem Zimmer sehr wohl. Zum ersten Mal, dass sie ihr eigenes Zimmer hat.

,

Clair Einhundertneunzig.

Mike Nun ja, ich denke, wir könnten es versuchen, oder?

Clair Das ist Preistreiberei.

Mike (schwaches Lachen) Tja, ich weiß.

Clair Aber natürlich kriegen Leute das durch.

Mike Tja, ich weiß. Das ist es ja. Leute kriegen das – bedauerlicherweise – durch, wie Sie sagen. Und insofern, na ja, verstehen Sie unser Dilemma. Ich meine, ich weiß, die ganze Sache ist scheußlich.

Clair Tja …

Mike Aber sehn Sie, was ich meine, ist, ist, angenommen, wir können ihn kriegen, angenommen, wir können diesen Preis kriegen, denn eigentlich, denke ich, ist das ein vollkommen realistischer Preis, aber angenommen, wir können ihn erzielen, na ja, wir möchten uns ohne Frage in der Sache anständig verhalten, wenn Sie verstehen, was ich meine.

Clair Tut mir Leid, wie denn?

Mike Na ja, was ich meine, ist, ist, ich meine einfach, ich denke strikt, wer zuerst kommt, mahlt zuerst, oder, wenn's um die einzelnen Angebote geht.

Clair Nun ja, wenn das Ihr Gefühl ist.

Mike Tja, finden Sie das nicht richtig.

Clair Doch, ja, natürlich, wenn das Ihr Gefühl ist, ja. Natürlich würden wir Ihnen normalerweise dazu raten, dass Sie das beste der bei uns eingehenden

Angebote annehmen, ich meine, nicht nur, was den Preis betrifft, sondern auch unter Berücksichtigung, wer in der besten Position ist für den Abschluss.

Mike Ja. Eigentlich habe ich genau so was in der Art gemeint.

Clair Denn selbstverständlich versuchen wir das zu tun, was das Beste für unsere Kunden ist.

Mike Ja. Das sehe ich.

,

Clair Aber natürlich liegt das voll und ganz bei Ihnen.

Mike Stimmt.

,

Clair Ich meine, falls jemand Bargeld bietet.

Mike Stimmt.

Clair Mehr meine ich nicht.

,

Tja, dann geben wir die Details bekannt, sobald wir können, Mr. Walsum.

Mike Mike, ich heiße Mike.

Clair Mike. Gut.

Clair ist im Begriff zu gehen.

Mike Sie leben nicht in der Nähe vom Park, oder, Clair?

Clair Bitte?

Mike Tut mir Leid, Sie heißen doch Clair, oder.

Clair Ja.

Mike Ich sagte: Sie leben nicht in der Nähe vom Park.

Clair (auf dem Wort »Nähe«) Nein. Weiter nördlich.

Mike Nur, weil da unten vor meinem Auto ein Mädchen über die Straße ging. An der Ampel. Ich bin sicher, das waren Sie.

Clair (schwaches Lachen) Ich muss aussehen wie jemand anders.

Mike Sicher nicht.

Dass dies ein Kompliment sein soll, bleibt Clair nicht verborgen.
Liz steht im Zimmereingang.

Tja. Gut. Clair.

Mike und Clair geben einander die Hand.

Liz Und, seid ihr euch einig geworden?

Mike Ja, alles bestens, ja.

Liz Er hat Ihnen gesagt, was unser Gefühl ist, oder?

Mike Ja ja, alles bestens. Wie, schläft sie?

Liz Gerade eingenickt.

Clair Sie ist niedlich.

Liz Sie ist niedlich, wenn sie schläft. Nein, es ist nur, dass wir uns in der Sache anständig verhalten möchten.

Clair Mr. Walsum hat mir Ihre Position erklärt.

Liz Weil, es ist ein scheußliches Geschäft.

Clair Nein. Natürlich. Das liegt voll und ganz bei Ihnen.

Liz Hat sie den Garten gesehen?

Clair Vom Fenster aus.

Liz Wir sind leider keine Gärtner.

Clair Haben Sie schon etwas Neues gefunden?

Liz Fürs Erste ziehen wir wohl in eine Wohnung.

Mike Was natürlich heißt, dass wir eine Weile lang ziemlich dicht aufeinander hocken.

Liz Ja, das wird ein bisschen schwierig …

Mike Zumal mit Anna …

Liz Ach, selbst ohne Anna, Mike. Sie ist nämlich wirklich sehr eng. Aber wenigstens haben wir dann Bargeld.

Clair Damit sind Sie in einer guten Position.

Liz Ja, stimmt. Und natürlich stehen wir weniger unter Druck …

Mike Diesmal wollen wir uns Zeit lassen.

Liz Wir haben nämlich Freunde …

Mike Poppy und Max …

Liz … die völlig in Panik gerieten, und jetzt wohnen sie neben Bahngleisen, stimmt's, Mike.

Alle lachen.

Clair Das muss natürlich nicht die schlechteste Investition sein.

Mike Ja, aber sie leben wie auf dem Präsentierteller, oder.

Clair Hören Sie, möchten Sie einen Schlüssel bei uns hinterlegen?

Liz Tja, das sollten wir wohl, oder.

Mike Ich kann einen vorbeibringen.

Liz (lacht) Passen Sie bloß auf, dass keiner den Fleck sieht.

Mike Stimmt. Lenken Sie sie vom Fleck ab.

Clair Bitte? Den Fleck? Was ist das?

Liz Ich glaube, Sie stehen gerade darauf.

Clair lacht schwach, sieht zu Boden, tritt etwas beiseite.

Clair Gut. Ich werde … ich werde den Fleck weiträumig meiden. Die Details geben wir bekannt, sobald wir können.

Clair geht. Mike folgt ihr.
Ein Baby schreit.

Liz Anna. (lauter) Anna, sie ist wach.

Sie geht zum Flureingang und ruft.

Anna, sie ist wach.

Sie ist im Begriff zu gehen, als das Schreien aufhört.
Mike kommt zurück.

Mike Was ist los?
Liz Sie ist wach.
Mike Geht Anna nicht?
Liz Ist sie gerade.

Sie umarmen einander.

Sie war also einverstanden mit einsneunzig.
Mike Zuerst nicht. Sie wusste von Nummer fünf.
Liz Aber das hat nur drei Schlafzimmer.
Mike Hab ich ihr auch gesagt.

Sie ist süß, oder?
Liz Was?
Mike Clair.

Liz Findest du? (Sie rückt von ihm ab.)
Hör mal, ich geh besser.

Mike Ist Anna nicht?

Liz Sie hat ihren freien Tag.

Mike Das macht ihr doch nichts. Hör mal, möchtest du einen Kaffee? Liz?

Aber Liz ist gegangen.
Mike geht in die Küche. Für einen Moment ist die Bühne leer.
Dann erscheint Anna, das italienische Mädchen, im Morgenrock.
Sie nähert sich dem Telefon, ist aber unsicher, ob sie es benutzen soll.
Mike kommt zurück.

Guten Morgen.

,

Haben wir ein Problem?

Anna Ist in Ordnung, wenn ich telefoniere, Mr. Walsum?

Mike Vorausgesetzt, es ist nicht Australien. (schwaches Lachen)

Anna Wie bitte?

Mike Ich sagte: solang's nicht Australien ist.

Anna Nein nein. Italien.

,

Mike Gern. Sehr gern.

Anna Es stört nicht?

Mike Italien ist völlig in Ordnung. Fass dich nur kurz, bitte. (Er bleibt stehen.)

Anna Meine Familie.

Mike Nein nein, gern. Bitte, mach ruhig. Fass dich nur kurz, mehr nicht. (Er geht wieder in die Küche.)

Anna wählt, wartet, wartet noch etwas, legt auf und will gerade gehen, als Mike mit dem Kaffee zurückkehrt.

Na, das ging fix.

Anna Ist niemand da.

Mike Wie, in ganz Italien? (Lacht.)

Anna Wie bitte?

,

Mike Hör mal, hat irgendwer, also, eigentlich meine ich, hast du, du hast nicht, du hast nicht oben geraucht, oder? Es ist nur, weil Mrs. Walsum – Liz – Liz dachte, sie hätte Rauch gerochen, da oben, mehr nicht, neulich, glaube ich.

Anna Ich rauche nicht, Mr. Walsum.

Mike Nein nein, ich weiß. Tja, dann ist ja alles in Ordnung.

Anna Darf ich später noch einmal probieren?

Mike Unbedingt.

,

Hör mal, wir haben uns gefragt, ob wir, na ja, ob wir dir genug Taschengeld geben. Weil, na ja, es ist wirklich nicht gerade viel.

Anna Nein nein. Ist in Ordnung.

Mike Du kommst zurecht.

Anna Ich komme zurecht.

Mike Tja, freut mich, dass du zurechtkommst, weil, wie du wahrscheinlich weißt, mit dem Umzug und der

Wohnungsmiete, wird es demnächst ein bisschen eng. Und ich meine, du sollst nicht denken, dass wir zu den Leuten gehören, die das gern … (vage Geste) … na ja, so eine Situation ausnutzen. Weil, ich weiß, einige Leute machen das bei – also, vor allem bei ausländischen Mädchen, dass sie die manchmal ausbeuten.

,

Weil du weißt – na ja, **ohne Frage** weißt du, wir sind nicht wie die.

Anna Ich komme zurecht. Danke.

Mike Hör mal, kann ich dir einen Kaffee bringen oder so?

,

Gut. Tja. Jedenfalls, du weißt, wo er ist. (Er bleibt noch kurz, wendet sich dann zum Gehen. Im letzten Moment dreht er sich um.)

Hör mal, ich dachte nur gerade, vielleicht solltest du dich anziehen. Nur, weil Leute – hoffentlich – Leute – vorbeikommen werden, zur Besichtigung.

Anna (in völliger Gleichgültigkeit) Okay.

Mike Ich meine, du weißt, an deinem freien Tag stört uns das nicht. Es ist nur, na ja, man kann eben nie wissen, was die Leute so abhält, bedauerlicherweise.

Anna Okay.

Mike Nicht, dass du, keine Frage, die Leute abhalten würdest. Ich meine, mich würdest du nicht abhalten. Aber für den Fall, dass jemand kommt, bitte.

Anna Okay, ist okay.

Mike Danke, Anna.

Mike ist im Begriff zu gehen. Im letzten Moment hält er wie zuvor inne und sieht Anna an. Sie spürt seinen Blick und wendet sich um.

Danke.

Er geht.
Blackout.

Dritte Szene

Abend. Mike und Liz.

Liz Keine Einwände wogegen?

Mike Es weiter auf dem Markt zu lassen.

Liz Aber du hast ihr gesagt, wir würden annehmen und wären bereit zu warten.

Mike Ja ja, ich hab gesagt, wir würden annehmen, aber Clair hat das Gefühl, falls sie aus irgendeinem Grund – weil das natürlich passieren kann – zufällig doch noch abspringen oder, was weiß ich, sie haben Schwierigkeiten mit dem Abschluss, es nicht schaden kann, wir lassen es auf dem Markt. Und außerdem hat sie für mein Gefühl impliziert –

Liz Weil ich dachte, wir hätten das beide mit ihr besprochen.

Mike Ja, natürlich, aber für mein Gefühl hat sie impliziert, wir könnten, wenn das Interesse steigt, gäbe es die Möglichkeit, dass wir sie vielleicht noch rauftreiben könnten.

Liz	Du hast ihr gesagt, zu so was wären wir nicht bereit.

Mike	Ja, sie weiß bereits, dass wir so was nie täten.

,

Das hab ich klargemacht, bei unserem ersten Gespräch.

Liz	(auf «Gespräch») Wie weit rauf?

Mike	Was?

Liz	Ich meine nur –

Mike	Ich weiß nicht. Sie blieb vage.

,

Zweihundert?

Liz	Doch so weit.

Mike	Offenbar fand sie, wir könnten weitere fünf- bis zehntausend veranschlagen, ja.

,

Liz	Na ja, das ist kaum gravierend.

Mike	Na ja, nein, stimmt schon, nicht besonders gravierend im gegenwärtigen Klima – also fünf sicher nicht, obwohl zehn vielleicht … Aber der Punkt ist, und darüber reden wir ja wohl gerade, ist doch, wenn schon jetzt ein solches Angebot vorliegt, in weniger als achtundvierzig Stunden, dann fordern wir einfach vielleicht nicht genug.

Liz	Das hat Clair gesagt?

Mike	Na ja, **gesagt** nicht, nein.

,

Gesagt nicht, aber hier sind wir, hier sind wir, wir zahlen denen zig Prozent, und was werden die am Ende eigentlich an Arbeit **geleistet** haben?

,

Verkompliziert wird das Ganze, verstehst du, noch

dadurch, dass diese Leute, die Harraps, in Shropshire wohnen.

Liz Du meinst, vielleicht sind sie nicht glaubwürdig.

Mike Glaubwürdig oder sonst was, ich meine nur, es gibt da ein Fragezeichen, ob sie tatsächlich verkaufen können. Denn, wie Clair gesagt hat, falls sie da oben in Wales festsitzen …

Liz In England.

Mike England.

,

Sicher?

Liz Glaub schon.

Mike Na, egal wo es liegt.

Liz Shrewsbury.

Mike Na, egal wo es liegt, einen großen Markt gibt es dort nicht.

Liz Nur Schafe.

Mike So ungefähr.

Mike legt sich mit seinem Kopf in Liz' Schoß.

Laut Clair haben die da oben mehrere Hektar. Einen Fluss. Angelrecht. Man fährt rauf durch einen Kiefern … irgend so ein Kiefern … **Zeug**. Wald.

Liz Ländlich eben.

Mike Genau. Ich meine, nicht, dass ich selbst es so machen würde, aber wenn sie so viel Land haben, würden sie's doch sicher behalten und darauf bauen.

Liz Es steht bestimmt unter Naturschutz.

Mike (schwaches Lachen) Clair sagt, sie hat ein bröseliges Rückgrat.

Liz Ein was?

Mike Mrs. Harrap. Sie ziehen weg wegen ihrem Rücken.

Liz Wie, sind die schon alt?

Mike Nein, offenbar so wie wir.

Liz Und der Garten schreckt sie nicht?

Mike In den Garten sind sie offenbar ganz verliebt. Der Wein hatte es ihnen sehr angetan.

Liz Du hast also länger geplaudert mit Clair.

,

Mike Was soll das denn jetzt heißen?

Liz Aber du hast klar gemacht, dass wir bereit sind zu warten.

Mike Hör zu: Clair weiß genau, was wir ihr gesagt haben, und ich bin sicher, sie respektiert unsere Position.

Liz Will meinen?

Mike Was meinst du mit «will meinen»?

Liz Na ja, will meinen was?

Mike Was ich mit «will meinen» meine?

Liz Was meinst du mit Position, unsere Position respektieren?

Mike Na, das, was ich sage.

Liz Und?

Mike Was?

Liz Na, was genau **sagst** du denn?

Mike Weil, wenn ich mich hier, jedes Mal wenn ich rede, erklären muss …

Liz Weil's mir so scheint, und klar, vielleicht irre ich mich, aber mir scheint's, als sagtest du gerade, dass du Clair nachgibst.

Mike Ich gebe Clair ganz und gar nicht nach. Komm schon, komm. Aber da wir den Handel nun mal über sie laufen lassen, sollten wir auch vielleicht –

oder nein, nicht vielleicht – ich denke, wir sollten **definitiv**, ich denke wirklich, wir sollten ihrer Urteilskraft und Integrität zumindest mit etwas Respekt begegnen.

Liz — Ihrer **was**? (schwaches Lachen)

,

Du gibst Clair also nach.

Mike — Hör mal, ich gebe Clair nicht nach. Sie gibt uns nach.

Liz — (belustigt) Glaubst du, sie trägt diesen Rock immer?

Mike — Was?

Liz — Na ja, sie sieht darin aus wie 'ne Kellnerin.

Beide lachen schwach.
Blackout.

Vierte Szene

Vormittag. Clair steht am Fenster, mit dem Rücken zum Raum.
James steht auf der anderen Seite des Raums und sieht sie an.
Sie spürt seinen Blick und wendet sich um. Beide lächeln.

James — Die Atmosphäre hier ist gut, finden Sie nicht. So gedämpft und ruhig. Ich halte das für sehr wertvoll, oder. Denn obwohl ich mir ein Leben außerhalb der Stadt nie vorstellen konnte, sollte mein Heim immer eine Art Refugium sein. Wissen Sie, das ist fast so, wie wenn man von der Straße abbiegt. Sie wissen ja, wie es ist, wenn man von der Straße abbiegt auf einen dieser Schotterwege, die in einen Bergwald führen. Die Pyrenäen zum Beispiel, die französischen Pyrenäen. Langsam fährt man unter den Bäumen durch, und im Dickicht dreht man den Motor ab. Dann überfällt es einen. Die Stille.

Glauben Sie, das liegt am Licht? Vielleicht ist es die Lichtqualität hier. Das Fenster geht nach Norden, oder?

Clair Soweit ich weiß, ja.

James Weil ich offen gestanden glücklicher bin mit gebrochenem Licht. Wann immer ich weit in den Süden muss, ergreift mich leider meist ein Gefühl der Mattheit. Wenn ich dann keinen Marmorboden habe, kann ich sehr gereizt werden. *(mit ungebrochenem Charme)* Ihnen ist zweifellos klar, dass die Fensterbank morsch ist. Ich könnte meinen Finger bis zum Knöchel reinbohren.

Beide lachen schwach.

(geht zum Angriff über) Schlafzimmer vier.

Clair Ja?

James Ist mir Schlafzimmer vier entgangen?

Clair Der Raum mit den Bildern.

James Wie, diesen Ansichten von Neapel?

Clair Ach ja?

James Etwa nicht? Er hat kein Fenster, oder. Riecht er deshalb nach Rauch?

Clair Er hat eine ganz gute Größe.

James Also, wissen Sie, ich dachte, das sei ein Schrank. Ich dachte, hoppla, wie komisch, jetzt bin ich in einen Schrank mit Ansichten von Neapel gestolpert. (schwaches Lachen)

Clair Wie sieht denn die Position Ihres eigenen Objekts aus?

James Position in welchem Sinne?

Clair Ich meine, haben Sie Ihr eigenes Haus schon verkauft?

James Da haben wir wohl aneinander vorbeigeredet. Nein, ich verkaufe keine Häuser. Ein scheußliches Geschäft, Häuser verkaufen. Nein, ich möchte einfach ein neues hier in London erwerben. Denn, wissen Sie, vor ein paar Tagen fühlte ich mich in Heathrow schrecklich verloren. Ich fuhr zu einem Hotel, aber nur mit halbem Herzen. In dem Moment dachte ich, ich brauche hier eine eigene Bleibe, nach all den Jahren. Ich habe die Nase voll von Hotels, Clair, und meine Familie genauso. Wir haben die Nase voll von Hotels hier in London. Ich finde das ein erbärmliches Leben, oder.

Clair Sie machen Geschäftsreisen.

James Ich mache viele Geschäftsreisen.

,

Clair Das heißt, Sie sind in einer guten Position.

James Tja, ich denke schon, oder?

Beide lachen schwach.

Die Sache ist, ist, das ist ein elegantes Haus. Zum Teil ohne Frage verschandelt, aber darunter verbirgt sich ein elegantes Haus.

Clair Diese Straße ist insgesamt eine gute Investition.

James Ja, sicher, aber offen gestanden beschäftigt mich das eher weniger.

,

Sie sagen, eigentlich sei es verkauft?

Clair Die Eigentümer haben ein Angebot angenommen.

James Die Eigentümer haben ein Angebot angenommen.

Clair Ja, aber falls jemand Bargeld bietet.

James Und wie hoch ist das Angebot?

Clair Der geforderte Preis.

James Der da wäre? Tut mir Leid, ich ...

Clair Einhundertneunzig.

James Und wer möchte es erstehen?

Clair Die Harraps.

James Kenne ich die?

Clair Bitte?

James Wer sind die Harraps?

Clair Na ja, eben ...

James Eben Leute, meinen Sie.

Clair Sie leben in Shropshire.

James Welche Gegend?

Clair Wales, oder?

James Ich meine, welche Gegend in Shropshire. Ich kenne Shropshire nämlich. Ich kannte Shrewsbury gut.

Clair Möchten Sie den Garten sehen?

James Wissen Sie, ich denke, das wird nicht nötig sein, oder? Denn was ich gesehen habe, gefällt mir ausgezeichnet, Clair.

Clair Leider geht er nach Norden, aber es wächst Wein.

James Wir sind keine Gärtner.

Beide lachen schwach. Schweigen.

(mit einem Lachen) Es gibt gewisse Arten von Männern, die diese Art Situation ausnutzen würden. Ich meine, falls ich ein Angebot mache …

Clair Würden wir es an die Verkäufer weiterleiten.

James Sie würden es an die Verkäufer weiterleiten.

Clair Natürlich.

James Weil ich betonen sollte: Was ich gesehen habe, gefällt mir ausgezeichnet.

Clair Nun, ich bin sicher, sie würden es erwägen.

James Ich denke wirklich, ich sollte sie treffen, Sie nicht? Wir sollten reden. Denn natürlich möchte ich mich in der Sache anständig verhalten, Clair.

Clair Ich spreche mit den Walsums.

James Sind das Holländer?

Clair Ich glaube nicht.

James Weil Walsum Holländisch ist.

Clair geht herum, um zu prüfen, ob alles so ist, wie es war, bevor sie gehen.

Auf meinem Weg hierher sah ich ein Mädchen wie Sie.

Clair Wirklich? (schwaches Lachen)

James (lacht) Tut mir Leid, ich mache Sie verlegen.

Clair lacht.

Oder vielleicht **waren** Sie's ja. Waren Sie's?

Clair Ich weiß nicht.

Gut, ich versuch's und arrangiere diesen Termin.

James Das wäre nett. Hörn Sie, die Sache tut mir Leid.

Clair Schon in Ordnung.

James Ich meine, dass ich Sie Mädchen genannt habe. Weil es eins dieser Worte ist, oder, eins dieser furchtbaren Worte, mit denen Männer Frauen herabsetzen. Schon komisch, oder, wie man die Fehler von anderen peinlich genau wahrnimmt, und dann ertappt man sich bei den gleichen. Ich bitte um Verzeihung.

Clair Schon in Ordnung.

James Denn bitte begreifen Sie, dass mir so was genauso verhasst ist wie Ihnen.

Clair *(als wolle sie gehen)* Gut, ich versuch's und arrangiere diesen Termin.

James Das wäre nett. Es wird meiner Frau gefallen. Den Kindern wird der Garten gefallen.

Clair Wie viele haben Sie?

James Was hab ich gesagt? Habe ich Kinder gesagt? Nein, nur das eine. *(Er zückt seine Brieftasche und zeigt sie Clair.)* Marcus. Ein Junge.

Clair sieht das Bild an.

Tja, sieht mir nicht ähnlich. Er kommt mehr nach meiner Frau.

,

Clair Sie muss –

James Erheblich jünger sein. Ja, ist sie. Aber was ist mit Ihnen, Clair. Sind Sie verheiratet? Single? Sicher doch nicht verwitwet? Geschieden?

Clair beginnt währenddessen zu lachen. Beide lachen für eine Weile.

Kinder?

Clair — Sie machen Witze. (Sie gibt ihm die Brieftasche zurück. Schweigen. Sie fingert am Schlüsselbund herum, fast als hätte sie sich vorübergehend in eine private Welt zurückgezogen.)

James — Ich sag Ihnen etwas – und natürlich kann ich mich absolut irren – aber warum ahne ich, dass Sie neben Bahngleisen wohnen. Habe ich Recht?

Clair — (schwaches Lachen) Ja. Ja, wohne ich.

James — Dacht ich's mir doch.

,

Seltsam, oder. Ich stelle Sie mir in einem dieser Zimmer vor, direkt neben den Bahngleisen. Ich sehe Sie in einem dieser hohen Altbauten, unterteilt in Wohnungen, wo draußen der Zug über Backsteinbögen dicht an den oberen Fenstern vorbeirauscht. Wenn man nachts dran entlangfährt, kann man oft einen Blick hinab in die Zimmer werfen. Man sieht Menschen ihrem Alltag nachgehen, als gäbe es den Zug draußen nicht. Oft brennt nur eine nackte Glühbirne. Seltsam, oder. Andererseits, was sollten sie sonst nachgehen?

Clair — Viele Leute leben neben Bahngleisen.

James — Ja, natürlich. Haben Sie auch eine nackte Glühbirne?

Clair — Das muss nicht die schlechteste Investition sein.

James — Nein, natürlich nicht.

,

Sind das die Schlüssel?

Clair Ja. (Sie verschließt sie in ihrer Faust.) Wir sollten gehen.

James Ja.

Blackout.

Fünfte Szene

Abend. Mike und Liz.

Liz Keine Einwände wogegen?

Mike Es auf dem Markt zu lassen.

Liz Aber du hast ihr gesagt, wir würden annehmen und wären bereit zu warten.

Mike Ja ja ja, aber das war vorher. Das war, bevor wir über Bargeld geredet haben.

Liz Du hast also mit Clair gesprochen.

Mike Na, ohne Frage hab ich mit Clair gesprochen.

,

Ich meine, Clair denkt offenbar –

Liz Und, was ist seine Position?

Mike Seine Position **ist**, so wie ich sie verstehe, ist, dass ihm das, was er gesehen hat, ausgezeichnet gefällt, und er ist bereit, bar zu zahlen.

Liz Das heißt, er hat schon verkauft, aber **wissen** wir, dass er schon verkauft hat?

Mike Nein nein nein, er hat nichts zu verkaufen.

,

Der springende Punkt ist, ist, dass er nichts zu verkaufen hat.

Liz (auf «nichts») Also, das kann jeder behaupten. Könnten wir auch.

Mike Wie, hältst du ihn nicht für ehrlich?

Liz Ich habe nicht «mit Clair gesprochen».

Mike Ich hab dir ihre Meinung doch erzählt.

Liz Ist das, was sie gesagt hat?

Mike Ist was, was sie gesagt hat?

Liz Was?

Mike Ist was, was sie gesagt hat?

Liz Dass er ihrer Meinung nach ehrlich ist.

Mike Weil, hör mal, ich kann dir unmöglich, versteh doch bitte, ich kann dir unmöglich Wort für Wort wiederholen, was sie genau gesagt hat.

Liz Wort für Wort, wer sagt denn Wort für Wort, ich wollte nur –

Mike Egal.

Liz Ich hab nie gesagt Wort für Wort.

Mike Ja, egal, Liz. Weil, hör zu, rede du mit ihr …

Liz Ich rede nicht mit ihr …

Mike Weil, wenn du mit ihr reden würdest, kämst du auch auf die einfache Tatsache, dass, dass man nicht rumläuft und fragt, ob die Leute ehrlich sind, weil das hier entschieden nicht zur Debatte steht. Zur Debatte steht, ob er in der Lage ist abzuschließen.

Liz Was genau dasselbe ist.

Mike Aber nein, natürlich nicht.

,

Hör doch zu, natürlich nicht. Weil, selbst wenn er nicht (setzt gestisch Anführungszeichen) «ehrlich» ist, egal was damit gemeint ist, will meinen, ich nehme an, in Wirklichkeit hat er nach wie vor irgendwo ein Objekt zum Verkauf, wer will sagen, dass er nicht trotzdem schneller abschließen kann als die Harraps, die, sind wir doch offen, sich dieses bröselige Erbstück von Haus oder Rückgrat oder egal was aufgehalst haben, ringsum hektarweit Land von überwältigender Naturschönheit, aber ohne den geringsten Marktwert.

Schweigen.

Jedenfalls will er es sich nochmal ansehen.

Liz — Wann?

Mike — Heute Abend. Er kommt heute Abend.

Liz — Du hättest was sagen können.

Mike — Na ja, er will es seiner Frau zeigen.

,

Ist Anna angezogen?

Liz — Also, woher soll ich wissen, ob sie angezogen ist?

Mike — Wär mir nur lieber, sie hätte was an.

Liz — Hast du sie wegen des Rauchs gefragt?

Mike — Weil so, wie sie hier rumläuft … Was? Nein. Sie raucht nicht. Ich hab dir **erzählt**, dass sie nicht raucht.

Liz — Ich bin nur beunruhigt wegen –

Mike — Wegen der Harraps. Sieh mal –

Liz — Weil wir ihr Angebot angenommen haben.

Mike — Ja, aber was heißt das schon? Juristisch heißt das nichts.

,

Liz — Na ja, nicht juristisch, aber –

Mike — Denk dran, dass hinter den Harraps immer ein Fragezeichen stand.

,

Liz Ich nehme an, sie würden genauso handeln, wenn sie in unserer Position wären.

Mike In deren Position wäre das sogar noch wahrscheinlicher.

,

Verstehst du denn nicht? Sogar noch wahrscheinlicher. Weil, okay, wir mögen Skrupel wegen der Sache haben, aber das heißt nicht, sie auch. Kennen wir sie? Wir wissen nicht einmal, wer die sind. Und es wär doch absurd, wenn wir uns in irgendeiner Form verpflichtet fühlten, gegenüber zwei wildfremden Menschen.

,

Offen gesagt, hab ich den Eindruck, Clair findet das Ganze recht amüsant.

Liz Du meinst, sie macht sich über uns lustig?

,

Mike Na ja, kann man ihr das verdenken? Weil ich glaube, wir blasen die Sache beinah zu einer Art moralischer Grundsatzdebatte auf, während Moral hier entschieden nicht zur Debatte steht.

Die Türklingel. Beide senken die Stimme.

Liz Also, um Moral ging die Debatte nie.

Mike Eben. (Er macht sich auf den Weg.)

Liz Der Fleck.

Mike Was?

Liz Gib mir Zeit, den Fleck zu verdecken.

Mike geht. Liz versucht den Fleck zu verdecken. Mike kommt mit James zurück.

Mike	Und das ist meine Frau.
James	Hallo.
Liz	Hallo. Ich bin Liz.
James	Ich hab mich verspätet. Ich bitte um Verzeihung.

Sie geben einander die Hand. Eine kurze Pause.

Liz	Tja … Also …
Mike	Bitte …
Liz	Schauen Sie sich ruhig um.
James	Ich würde gern nochmal einen Blick nach oben werfen, wenn ich darf.
Liz	Ja, gern, völlig in Ordnung.
Mike	Schläft Gina schon?
Liz	Ja, oben schläft ein Baby.
James	Ich bin mucksmäuschenstill.
Liz	Wo ist Anna?
Mike	Ja, unser italienisches Mädchen. Na, ist sie denn nicht auf ihrem Zimmer?
James	Nun, wenn das so ist …
Liz	Nein nein. Keine Sorge. Gehen Sie ruhig rein.
Mike	(lacht) Ist sie schon gewohnt.
James	Welches Zimmer ist es?
Liz	Na ja, wir nennen es unser Gästezimmer, oder, Mike?
Mike	Natürlich kann man drin Licht machen.
James	Ja, es gibt dort kein Fenster, oder.
Mike	Kein Fenster an sich, aber eigentlich hat es eine ganz gute Größe.
Liz	Anna gefällt die Abgeschiedenheit.
James	Ja, aber ich dachte an frische Luft.
Liz	Oh, sie hat viel frische Luft, oder, Mike.

Mike Frische Luft ist kein Problem.

Liz (schwaches Lachen) Immerhin scheint sie zu atmen.

Mike Und wie sie atmet. Eigentlich atmet sie ununterbrochen.

,

James Na, jedenfalls werde ich anklopfen.

James geht hinaus.

Liz (mit gesenkter Stimme) Ich dachte, er bringt seine Frau mit.

,

Mike (mit gesenkter Stimme) Ich schließ mal die Hintertür auf. (Er macht sich auf den Weg.)

Liz Mike.

Mike Er wird den Garten sehen wollen. (Er geht.)

Liz allein. Zeit verstreicht. Sie geht zum dunklen Fenster.
James kommt herein.

James Niedlich, die Kleine. Wie alt ist sie?

Liz Siebzehn.

James Ich meine Ihre kleine Tochter.

Liz (schwaches Lachen) Sie ist sechs Monate.

James Sechs Monate. Wirklich niedlich. Sie hat Ihre Augen.

Liz Wir hatten auch Ihre Frau erwartet.

James Sie vertraut meinem Urteil.

Liz Ist sie nicht neugierig?

James Nein.

Beide lachen schwach.

Die Atmosphäre hier ist gut, finden Sie nicht. Sie ist so gedämpft und ruhig. Ich hab schon zu Clair gesagt, es ist fast so, wie wenn man von der Straße abbiegt. Ich meine einen dieser Schotterwege, die einen in den Wald führen. Das Geräusch des knirschenden Schotters kommt wie ein Schock. Aber wenn man schließlich hält, unter den Bäumen, und den Motor abdreht, überfällt es einen sofort. Die Stille. Und wenn man sich vom Schotter entfernt, läuft man ohne jedes Geräusch über die vermodernden Nadeln. Kennen Sie die Pyrenäen überhaupt, die französischen Pyrenäen?

Liz Sie machen Geschäftsreisen?

James Ich mache viele Geschäftsreisen.

Liz Und wegen was?

James Bildern. Ich handle mit Bildern.

Liz Oh. Ist das interessant?

James Tja, ich mag's.

,

Liz Ja, wir mögen Frankreich, aber es ist so teuer geworden.

James Ich weiß. Frankreich ist teuer. Ich habe dort ein kleines Haus. Eigentlich kaum viel größer als dies. Aber ich habe die Böden auswechseln lassen, was mich ein Vermögen kostet. Den Großteil des Jahres bin ich nicht einmal da.

Liz Möchten Sie den Garten sehen?

James Ach, ich denke, das ist nicht nötig, oder, Liz. Sie heißen doch Liz, oder? Nun, ich denke, das ist nicht nötig, Liz.

Liz Es ist auch schon dunkel.

James Eben.

Mike erscheint im Zimmereingang.

Es gibt gewisse Arten von Männern, die diese Art Situation ausnutzen würden, oder.

Mike Will er den Garten sehen?

Liz Ich glaube, es ist zu dunkel.

Mike Leider geht er nach Norden.

James Sie wissen, dass die Fensterbank morsch ist?

Mike Nein, welche denn?

James Die hier drin. Ich hab schon zu Clair gesagt: man könnte seinen Finger bis zum Knöchel reinbohren. (Lacht.) Sie schien überaus zuversichtlich, dass Sie den Schaden beheben lassen.

Liz Nun … (Sie sieht Mike an.)

Mike Nun ja, wenn …

James Nun, das wäre geklärt. Schön.

,

Nehmen Sie die Teppiche mit? Ich sah, dass auf diesem hier mal was verschüttet wurde. Was ist das? Wein?

Mike Kurkuma, das ist Kurkuma.

James Was ist das?

Liz Ein Gewürz, zum Färben.

James Kurkuma. Nehmen Sie sie mit?

Mike Das wäre Verhandlungssache.

James Nur wenn Sie sie mitnehmen, bleibt mir der Ärger erspart, sie rauszureißen.

Liz Die Sache ist, ist, Clair hat unsere Position erklärt, oder?

James Ja. Sie sagt, Sie sind bereit, für einen Barhandel Ihre Käufer fallen zu lassen.

Mike Na ja, fallen lassen nicht …

James Nicht? Tja, dann haben wir wohl aneinander vorbeigeredet, denn mir hat sie erzählt, sie würden.

Liz Nein, ja, stimmt, werden wir wohl.

James Werden Sie wohl.

Liz Na ja, werden wir beinah sicher, oder, Mike, nur haben wir noch Bedenken.

James Habe ich etwas missverstanden?

Mike Liz meint, das ist eher eine Frage der Vorgehensweise.

Liz Stimmt.

James Aber wenn Sie noch Bedenken haben …

Mike Ja, wegen der Vorgehensweise.

James Tja, ist die denn nicht klar?

Mike Tja, nicht so ganz …

James Ich meine, wenn Sie Clair einfach beauftragen …

Liz Ja, ohne Frage liefe das über Clair …

James Weil ich mir Gewissheit verschaffen muss. Entweder Sie lassen sie fallen oder nicht.

Mike Gut.

Alle lachen schwach.

Tja, ich denke, das werden wir, oder?

Liz Die Sache ist, ist, dass die Harraps in Shropshire sind.

Mike Wahrscheinlich wäre unser Gefühl anders, oder, wenn …

Liz Und natürlich gibt es da ein Problem mit ihrem Rückgrat.

Mike Offenbar hat sie ein bröseliges Rückgrat.

James Ein was?

Mike Ein bröseliges Rückgrat.

James Ein bröseliges Rückgrat.

Angeführt von James, brechen die drei in herzhaftes Gelächter aus.

James (wischt sich die Augen) Das heißt, sie sind schon ziemlich alt.

Liz Nein, so wie wir offenbar.

James Hörn Sie, was ich gesehen habe, gefällt mir ausgezeichnet.

Mike Nun, ohne Frage werden wir …

James Genau, ich denke, als Nächstes sollte ich nochmal mit Clair sprechen. Ich finde wirklich, wir können sehr froh sein über den Handel mit Clair. Weil ich das Gefühl habe, sie ist ehrlich.

Mike Stimmt. Sind nicht viele von denen.

James Viele von denen sind Gauner, seien wir offen.

Liz Ich wünschte nur, sie wäre nicht ganz so kalt.

Mike Was? Clair?

Liz Ja. Ich finde sie kalt. Kalt und so undurchdringlich.

Mike (auf «undurchdringlich») Kalt würde ich sie nicht nennen.

James Sie wirkt vollkommen menschlich.

Mike Ja, stimmt. Sind nämlich nicht viele von denen.

James Einige dieser jungen Männer …

Mike und James lachen.

Liz Ich finde nur, man lernt so jemanden nie wirklich kennen.

James Aber muss man Menschen unbedingt auf so eine Art kennen lernen? Denn was Sie kalt nennen, ist das nicht einfach die Art, wie man mit Fremden verhandelt. Denn die meiste Zeit in einer Stadt verhandelt man doch, oder, mit Fremden. Und ich weiß nicht, was man gewinnt, wenn man sie alle in sein Herz schauen lässt. Ich selbst finde diese Form von Intimität eher erdrückend. Nein, mir ist es wesentlich lieber, wenn ich einfach an jemandem vorbeilaufen kann, den ich seit Jahren kenne, ohne die geringste Verpflichtung zum Gruß. Mir gefällt es, dass sich unsere Kleidung auf dem überfüllten Bordsteig kurz streifen kann, aber unsere Augen, selbst wenn sie sich begegnen, was unwahrscheinlich ist, unsere Augen sind sich einig und sagen nichts. Und warum sollten wir reden? (Er ist im Begriff zu gehen.) Nein, kalt würde ich sie nicht nennen.

Liz Sie sprechen also mit Clair.

James Ich spreche mit ihr morgen früh.

Mike Sie hat Sie ins Bild gesetzt über den Preis.

James Ja, einhundertneunzig, stimmt's?

Mike Ja, als grobe Richtschnur.

James Bitte?

Mike Na ja, wahrscheinlich hat Clair Ihnen erzählt, dass wir, na ja, eine geringfügig höhere Summe veranschlagen.

James Nein, das hat sie nicht erwähnt.

Mike Weil …

Liz Weil Clair das Gefühl hat, also, für ihr Gefühl waren wir ein bisschen, na ja, zaghaft mit dem Preis, ganz offen gesagt.

James Zaghaft.

Liz Ja.

James Nein. Nein, das hat sie mir nicht gesagt.

,

Gut, ich spreche mit ihr morgen früh.

Mike (schwaches Lachen) Ein scheußliches Geschäft, oder.

James Ich weiß, ich weiß. Auf Wiedersehen.

Liz Gute Nacht.

Mike begleitet James hinaus. Das Baby weint.

Anna. (lauter) Anna, sie ist wach. Anna, Gina ist wach.

Ein Moment verstreicht. Das Weinen hört auf, Mike kehrt zurück.

Mike Was ist los?

Liz Sie ist wach.

Mike Anna geht schon.

Liz Arme Anna.

Beide lachen. Sie umarmen einander.

Was denkst du?

Mike Tja, was denkst du?

Liz Tja, ohne Frage ist er glaubwürdig.

Mike Ja.

Liz Aber der Preis hat ihn überrascht.

Mike Nein, er hat nur geblufft.

Liz Ja, ich dachte mir schon, dass er nur blufft.

,

Er handelt mit Bildern.

Mike Wie, ihr habt geplaudert?

Liz Eigentlich finde ich ihn recht charmant.

Mike Was?

Liz Mr. James.

,

Mike Wirklich? (Er rückt von ihr ab.)

,

Was denn für Bildern?

Liz (schwaches Lachen) Keine Ahnung.

Blackout.

Sechste Szene

Vormittag. Mit dem Rücken zum Publikum betrachtet Ashley, im weißen Overall, die Zimmerdecke.
Anna erscheint im Flureingang und bleibt stehen.
Im Verlauf der Szene zeigt Ashley keinerlei sexuelles Interesse an Anna.

Anna Verzeihung.

Ashley Nein, schon okay. Gehen Sie ruhig durch.

Anna Ich möchte in die Küche.

Ashley Sicher. Nur zu.

Anna geht hinaus. Ashley breitet eine Plane aus. Anna kommt zurück.

Ashley Was verloren?

Anna Verloren?

Ashley Sie sehn 'n bisschen verloren aus.

Anna Nein. Ich bin nicht verloren. Ich suche nach Streichhölzern. (Sie hat eine nicht angezündete Zigarette zwischen ihren Fingern.) Sonst sind da Streichhölzer. In der Küche.

Ashley Italienerin?

Anna Bitte?

Ashley Aus Italien?

Anna Ja. Haben Sie ein Streichholz?

Ashley (auf «Streichholz») Genau, Sie haben diese Augen. Meine Frau ist Italienerin – also, Halb-Italienerin – sie hat auch diese Augen. Welche Gegend?

Anna Neapel.

Ashley Ah, schöne Gegend. Neapel ist schön. Ihre Mutter kommt aus Turin – Sie wissen schon – Fiat. Kennen Sie Turin überhaupt?

Anna Ja, ein bisschen.

Ashley (mit italienischem Akzent) **Torino**, was?

Beide lachen schwach.

Wissen Sie, wer immer ein Streichholz hat?

Anna Was?

Ashley Ein Klempner. Den brauchen Sie jetzt. Für die Zigarette. 'n Klempner.

Während Anna das verarbeitet, zückt Ashley seine Brieftasche und zeigt sie ihr.

Sehn Sie mal: das ist Anna.

Anna Anna.

Ashley Genau. Anna ist meine Frau. Und das da sind Lisa, Timothy und Rachel. Drei, achtzehn Monate, zwei Monate. 'n Sack Flöhe, was.

Annas Interesse ist mäßig.

Nein, schon in Ordnung. Schauen Sie ruhig. (Er lässt Anna mit den Bildern stehen, während er eine weitere Plane ausbreitet.) 'n Sack Flöhe, was.
Und, Sie? Studiern hier wohl, oder?

Anna (gibt ihm die Brieftasche zurück) Ich bin das Kindermädchen.

Ashley Das Kindermädchen. Aha.

,

Und, wie viele ha'm die?

Anna Eins.

Ashley Eins.

Anna Es ist ein Mädchen.

Ashley Na, da können Sie sich freuen, was.

Anna Wie bitte?

Ashley Bloß eins, freuen Sie sich.

,

Tja, ist wohl, weil sie arbeiten geht, was?

Anna Hmm?

Ashley Mrs. Walsum. Geht arbeiten.

Anna Oh, nein.

Ashley Nein.

,

Aha.

Anna Aber sie hat sehr viel zu tun. Immer.

Ashley Aha.

,

Anna, meine Frau, die würde gern, wissen Sie, die würd gern wieder arbeiten gehn.

Anna Ja?

Ashley (schwaches Lachen) Wie alt ist sie denn?

Anna Ich weiß nicht. Sie sagt, neunundzwanzig, aber ich denke, mindestens dreißig, einunddreißig.

Ashley Ich meine die Kleine.

Anna Die Kleine, sie ist sechs Monate.

Ashley Sechs Monate, na, dann schläft sie noch viel, was? Ich meine, ich glaub, das ist so, vor allem bei Mädchen.

Anna Ich glaube, vor allem Jungen schlafen viel.

Ashley Ja? Ja, ha'm Sie wohl Recht.

Anna Und, wissen Sie, sie wacht morgens halb sieben auf.

Ashley Ja? Halb sieben, da geh ich aus'm Haus.

Anna ist im Begriff zu gehen.

Kommen Sie mal, kommen Sie, ich will Ihnen was zeigen. Nein, schon in Ordnung, ich will Ihnen bloß was zeigen. Sehn Sie mal. Nein nein, sehn Sie da. (Er deutet zur Decke.) Weil, Ihr Chef hat gesagt, ja, ich soll diese Fensterbank raushauen, weil, hat er Recht, die ist morsch. Aber an seiner Stelle würde mich **das da** weit mehr beunruhigen. Weil, was Sie da oben sehen, ist 'ne angeknackste Deckenleiste, und ich verwett meinen Lohn, wenn das nicht heißt, dass die Balken vom Boden, auf dem wir hier stehn, modern, können Sie mir folgen?

Weil, klar, ist 'ne sehr schöne Straße. Es ist sehr ruhig. Man ist gleich im Park. Die Atmosphäre ist schön. Neue Autos. Bäume. Aber ich bin in ein, zwei von diesen Häusern gewesen, und sobald du 'n Brett andübeln willst … (Lacht, schüttelt den Kopf) Ich mein, wir reden hier von schlimmer Holzfäule, wir reden von der Substanz, können Sie mir folgen?

Anna Die Substanz.

Ashley Genau. Ich meine, ich selbst wohn neben Bahngleisen, und es ist nichts Besonderes, aber 'n solides Haus. Die Fensterbänke haben Rinnen. Sie wissen, was ich mit Rinnen meine? 'ne Rinne ist so 'ne Röhre, die unter der Fensterbank langläuft. Kann das Wasser drin abfließen. Bei den Bänken hier, die ha'm keine Rinnen. Bleibt das Wasser drin stehen.

Liz erscheint im Flureingang. Anna verbirgt ihre Zigarette.

Die Kinder lieben natürlich die Züge. Na ja, für die ist das 'ne Stimulation, was.

Liz Es wird aber nicht so viel Staub machen, oder?

Ashley Unwahrscheinlich.

Liz Nur, weil wir ein Baby haben.

Ashley Unwahrscheinlich, Kleines.

Liz Gut, das ist gut. Anna, glaubst du, du könntest jetzt gehen und dich anziehen?

Anna geht.

Man kann das Mädchen kaum überreden, sich vor elf Uhr früh anzuziehen. (schwaches Lachen)

Ashley Anna?

Liz Ja, sie ist Italienerin.

Ashley Ja, meine Frau ist Italienerin.

Liz (gleichgültig) Ach ja? Wirklich?

Ashley Also, Halb-Italienerin. Ihre Mutter kommt aus Turin.

Liz (auf «Mutter») Gut, ich muss los, insofern gebe ich Ihnen das besser jetzt. (Sie gibt ihm einen in der Mitte gefalteten Scheck.) Ja, sehn Sie, es tut mir Leid, ich habe eben erst gemerkt, dass ich kein Bargeld habe. Ein Scheck macht Ihnen doch nichts, oder.

,

Weil, ohne Frage, Bargeld wär Ihnen lieber, ohne Frage, aber irgendwie war es heute Morgen … Na ja, Sie kennen solche Morgen bestimmt.

Ashley Nur, weil wir gesagt hatten …

Liz Hörn Sie, ich weiß. Tja, wenn Sie lieber warten möchten.

,

Ashley Nein nein. Geht schon.

Liz Weil, sehn Sie, wenn Sie bereit sind zu warten.

Ashley Ist kein Problem.

Liz Hörn Sie, ich fühle mich schrecklich deswegen.

Ashley Nein. Bitte. Ist kein Problem.

Liz Stimmt doch, oder. (d. h. die Summe)

Ashley Ganz sicher, ja. (Er steckt den Scheck ein, ohne ihn anzusehen.)

Liz Tja, falls es irgendein Problem gibt.

,

Ashley Gut.

Liz ist im Begriff zu gehen, dreht sich nochmal um.

Liz Wird es sehr viel Lärm machen?

Ashley Unwahrscheinlich.

Liz Nur, weil sie schläft.

Ashley Tja, wenn Sie für mich vielleicht etwas hätten …

Liz — Wie denn? Ach, natürlich, ja, was brauchen Sie?

Ashley — Ich meine, wenn Sie für mich vielleicht etwas hätten wie ein Laken, das ich um meinen Hammer wickeln kann.

Liz ringt sich ein Lächeln ab.
Blackout.

Siebte Szene

Vormittag.
James und Clair.

James — (enthusiastisch) Allmählich fühle ich mich hier wie zu Hause. Ein gutes Zeichen, finden Sie nicht?

Clair — Mr. Walsum hat die Fensterbank reparieren lassen.

James — Hat er, ich weiß. Braver Mann. Darf ich Sie zum Mittagessen einladen?

Clair — Bitte?

James — Ich habe mich nur gefragt, ob Sie hiernach irgendwo Mittagessen wollen.

Clair — Ich habe Sandwiches.

James — Sandwiches.

Clair — Ja, ich habe Sandwiches im Büro.

James — Dann, ein andermal.

Clair — Die Walsums sind über Ihr Angebot sehr erfreut.

James — Nun, natürlich bin ich sehr erfreut, dass sie angenommen haben. Denn es ist wichtig, von wem man kauft, und ich denke, es sind recht nette Leute, finden Sie nicht, Clair?

Clair lächelt.

Nein, Sie haben Recht, sind sie ganz und gar nicht, was. Nicht wie wir, beispielsweise. Denn wir **sind** es, nicht wahr, wir **sind** nette Leute. Sind wir etwa nicht nett?

Clair lächelt.

Nein, Sie haben Recht, sind wir ganz und gar nicht.

Clair — Das müssen Sie wissen.

James — Was? (kurzes Lachen)

,

Hörn Sie, es tut mir Leid, dass ich Sie nochmal hierher geschleift habe.

Clair — Ja, mir war nicht ganz klar –

James — Ich will nur sicher sein.

,

Zweihunderttausend Pfund. (vertraulich) Glauben Sie, dass es das wert ist, Clair? Werde ich hier über den Tisch gezogen?

Clair — Ich kaufe es nicht.

James — Ja, aber trotzdem.

Clair — Ja, finde ich.

James — Ich bin froh, dass Sie das gesagt haben, Clair. Denn ich finde das auch. Und schließlich, was ist schon Geld?

Clair lächelt.

Nun. Ja.

,

Clair Diese Straße wird immer begehrt sein.

James Gut: ein Zug hält direkt vor Ihrem Fenster. Die Gesichter der Fahrgäste pressen sich an die Glasscheibe. Beunruhigt Sie das nicht?

Clair Man gewöhnt sich an die Züge. Man denkt nicht über sie nach.

James Mit was sind sie denn überhaupt, mit Ei? Ihre Sandwiches. Sind sie mit Ei?

Clair Nein.

James Ich erzähl Ihnen was. Und natürlich kann ich mich absolut irren. Aber ich bin mir fast sicher, dass Sie eins dieser Betten haben, oder, die man als Sofa zusammenklappt. Hab ich Recht? Tut mir Leid, ich mache Sie doch nicht verlegen, oder? Was ich damit meine, ist, ist, am Anfang ist es ein Sofa. Den Abend über sitzen Sie darauf, höchstwahrscheinlich allein. Dann, um eine bestimmte Uhrzeit, und obwohl die Zeit völlig bei Ihnen liegt, ist es wahrscheinlich mehr oder minder immer dieselbe Zeit, stehen Sie vom Sofa auf, und Sie klappen es um und richten es auf eine bestimmte Art her, die irgendwann einmal kompliziert schien, Ihnen jetzt aber zur zweiten Natur geworden ist, und Sie machen sich fertig fürs Bett, und Sie steigen hinein. Bitte, unterbrechen Sie mich, wenn ich mich irre. Und am Morgen weckt Sie der Wecker – wenn nicht die Züge –, und Sie stehen auf, und Sie machen sich fertig für die Arbeit. Doch bevor Sie gehen, verwandeln Sie das Bett wieder zurück in ein Sofa. Außer an jenen Tagen – und hier ist der Haken – außer an jenen Tagen, wenn Sie vielleicht schon zu spät für die Arbeit sind, oder es graut Ihnen einfach davor, es graut Ihnen einfach davor, das blöde Ding zusammenzuklappen. Also lassen Sie es. Aber sobald Sie abends nach Hause kommen, werfen Sie einen Blick darauf, Sie werfen einen Blick darauf, und Sie bereuen, dass Sie es so gelassen haben. So ungemacht. Bitter. Denn sofort stehen Sie vor einem Dilemma. Es ist wohl kaum übertrieben, von einem Dilemma zu sprechen, oder. Und das Letzte, was jeder von uns will, ist ein Dilemma, vor allem abends. Denn entweder verwandeln Sie Ihr Bett wieder zurück in ein Sofa, wissend, dass Sie in wenigen Stunden Ihr Sofa wieder zurück in ein Bett verwandeln müssen. Oder natürlich, Sie lassen es. Der Nachteil in diesem Fall ist jenes erbärmliche Gefühl, dass eigentlich nichts im Zimmer passiert ist, was den Morgen vom Abend unterscheidet und der Nacht.

Clair (nicht unbelustigt) Nein, tut mir Leid, Sie irren sich absolut.

James Weil es Zeiten gibt, in denen es wohl schrecklich sein muss, allein zu leben.

Clair Was bringt Sie auf den Gedanken, ich lebe allein?

,

Ich bin gern allein.

James Es hat seine Vorteile.

Clair Ja, ganz entschieden.

Beide lachen schwach.

Ihre Frau war bisher nicht hier, oder.

James Sie vertraut meinem Urteil.

Clair Ist sie nicht neugierig?

James Ich verrate Ihnen ein Geheimnis: Ich habe beschlossen, ihr bis zum Abschluss nichts zu sagen. Ein Haus in London – sie hat nicht die blasseste Ahnung.

Clair Die Sache ist, ist, Mr. und Mrs. Walsum möchten den Abschluss in den nächsten paar Wochen regeln, wenn möglich.

James Ja, natürlich.

Clair Weil sie bereits ein verbindliches Angebot hatten.

James Das sie abgelehnt haben.

Clair Ja, aber im Einvernehmen über einen zügigen Abschluss des Kaufvertrags.

James Ja.

,

Hörn Sie –

Clair Ich denke, sie wären glücklicher, wenn sie von Ihren Anwälten gehört hätten.

James Ich beauftrage sie heute Nachmittag.

Clair Gut, sehr gut. Es ist nur, dass –

James Danach fahre ich leider weiter nach Rom. Einer meiner Kunden will, dass ich einen Blick auf ein Bild werfe. Völlige Zeitverschwendung. Schon auf den Dias sieht man, dass es nicht echt ist. Zum Beispiel wirkt es so, als habe es mehr als einen Fluchtpunkt, was eine Kuriosität ist, gelinde gesagt, für die fragliche Epoche.

Clair Gut, also, wie genau ist jetzt Ihre Position?

James Sie wissen, was ich mit Fluchtpunkt meine?

,

Hörn Sie, anscheinend haben Sie mich gerade gefragt, ob ich ehrlich bin.

Clair Also, nein, natürlich nicht, es ist nur, dass –

James Denn, offen gesagt, Clair –

Clair Tut mir Leid, es ist nur, dass sie allmählich in Panik geraten.

James Bitte, geben Sie ihren Seelen Ruh.

Clair Und ich denke, ihr Gefühl ist, da sie Ihnen nun nachgegeben haben –

James In welcher Form haben sie mir nachgegeben?

Clair In der Form, dass sie ein verbindliches Angebot hatten.

James Das sie abgelehnt haben.

Clair Ja, aber da sie jetzt nachgegeben haben –

James Ich denke, Sie werden noch merken, Clair, dass ich ihnen nachgegeben habe, bei diesem Geschäft.

Im Off kurzes Gelächter.

Ist noch jemand hier?

Sie horchen. Schweigen. Clair geht zum Flureingang.

Clair (ruft) Hallo? (lauter) Hallo?

Schweigen.

Das ist unwahrscheinlich. (Sie fingert am Schlüsselbund herum.)

James Vielleicht nebenan. Das sind Wohnungen nebenan, oder?

Clair Ja, aber Eigentumswohnungen.

James Wie Ihre.

Clair (lacht) Ich könnte mir diese Gegend nicht leisten.

James Aber das Prinzip ist dasselbe. Alle haben sie Betten,

die man als Sessel zusammenklappt. Diese …
Harraps, denen hat es das Herz gebrochen, oder.

Clair Am Telefon waren sie ein bisschen aggressiv.

James Ja? Ich bin gern da oben an der walisischen Grenze, Sie nicht. Wenn es nur nicht der Tod wäre. Weil es wunderschön ist, aber es ist wirklich der Tod.

Clair Das heißt, wir reden von vielleicht vierzehn Tagen.

James Maximal, Clair.

Clair Tja, ich werd's ihnen sagen.

James Nicht Ei.

,

Kennnen Sie Italien überhaupt?

Clair Ich war mal in Venedig.

James Für sieben Tage oder ein verlängertes Wochenende?

Clair Tut mir Leid, aber ich mag's nicht, wenn man sich über mich lustig macht.

James Lustig macht? Clair …

,

Bedauerlicherweise muss ich den Flieger nehmen. Denn eigentlich liebe ich Züge, vor allem Schlafwagen. Ich denke, ein Zugabteil ist vielleicht der perfekteste Ort zum Schlafen, oder. Es gibt heißes Wasser und Verbotsschilder in mehreren Sprachen. Der Rhythmus der Gleise wiegt einen in den Schlaf. Man träumt seinen Weg unter den Bergen durch, und wenn man aufwacht, schiebt man die Blende hoch, und das Mittelmeer liegt direkt vor dem Fenster und plätschert an leere Strände. Im Osten geht gerade die Sonne auf, über den Weinbergen und den großen Marmorstädten: Pisa, Florenz, Rom, Neapel.

,

Für manche Leute ist das Schlafen in Zügen eine Art Zwang, wussten Sie das? Als Letztes der Nacht verschwinden sie am Ende des Bahnsteigs. Sie springen hinab auf den Schotter und folgen den summenden Schienen, bis sie einen unverschlossenen Zug finden. Natürlich ist das Wasser in den Waschräumen der ersten Klasse kalt geworden, aber die Sitze haben von den letzten Fahrgästen noch einen Rest Wärme gespeichert. Ja, ich weiß, man könnte sagen, dass sie kein anderes Heim haben, aber ich denke, in Wahrheit sind sie tief in ihrem Herzen in die Züge verliebt, oder.

,

Damit meine ich nur, Clair, dass für mich selbst schon vierundzwanzig Stunden in Venedig zu viel sind. Was für ein fauliger feuchter Ort. Ein Segen, dass er versinkt.

Blackout.

Zweiter Akt

Erste Szene

Später Abend. Vorne kniet Anna am Boden und legt Patiencen, neben ihr ein Glas Orangensaft. Mike und Liz haben es sich auf einem Sofa bequem gemacht und trinken Wein. Mike ist merklich betrunken.

Mike Ich mein nur, sieh mal, alles, was ich meine, ist, also, komm, ich hab Recht.

Liz Finde ich nicht. Tut mir Leid.

Mike Ach komm, du weißt, dass ich Recht hab. Weil, du bist in einem Zimmer, ja, mit einem Mann –

Liz (lacht auf) Tut mir Leid, du hast keine Ahnung. Du weißt nicht, worüber du redest.

Mike Nein, komm schon, komm. Hör zu. Du hörst mir nicht zu. Ich meine, du weißt, worüber ich rede, was, Anna?

Anna nimmt keine Notiz. Mike lacht schwach.

Ja, genau. Siehst du, Anna hält mir die Stange. Weil, du bist in einem Zimmer, ja, mit einem Mann. Oder sonst wo, nicht nur ein Zimmer, sonst wo. Und da seid ihr. Da seid ihr, und ihr redet über, also, ich rede nicht über das, worüber ihr redet, weil, das ist nicht der Punkt – ich meine, komm schon, komm, wenn du gar nicht zuhörst … Weil, der Punkt ist, und, siehst du, das ist mein Punkt, ist, ihr wisst beide, ihr **wisst beide**, was gerade abläuft.

Aber keiner gibt's zu, mehr nicht. Ich meine, du kannst sagen, was du willst –

Liz Ich habe kein Wort gesagt.

Mike Ja, sag, was du willst, aber ihr wisst – ihr **wisst beide** – dass ich Recht hab, weil das – hör mal, ich find das nicht komisch – weil, das liegt in der Natur des Menschen.

Liz In deiner Natur sicher.

Mike Gut, ja, sag ich doch. (Er zeigt auf Annas Karten.) Schnapp. (schwaches Lachen. Anna sieht kurz auf.) Ich wusste gar nicht, dass Italiener das spielen.

Liz Patience?

Mike Ja ja. Patience.

,

Was hab ich gesagt? Ich meine, nehmen, nehmen wir Clair, zum Beispiel.

Liz (lacht) Clair?

Mike Ja ja. Ich meine, was ist so komisch, ich meine, das ist nur ein Beispiel, ja. Clair. Die Kellnerin. Weil, was, du weißt, ich hab mit Clair gesprochen, was, ein paar Mal, mehr als ein paar Mal jetzt, und das ist genau die Art Sache, die ich meine. Weil, weißt du, da geht's um Preise … um Objekte … um ein ernstes Geschäft, aber wir wissen beide, was abläuft, Clair und ich, weil das immer abläuft. Und mehr sag ich gar nicht. (Mike beugt sich vor, um Anna Wein ins Glas zu gießen. Sie hält die Hand darüber, ohne aufzusehen.) Mehr mein ich nicht. Jetzt sieh dir das an, ist Italienerin und trinkt nicht.

Liz Du meinst, du willst Clair vergewaltigen.

Mike Nein nein nein. Komm schon. **Komm**, ja. Weil, wer

redet hier von Gewalt? (zu Anna) Hab ich irgendwas von Gewalt gesagt? Nein, ich meine, was ist das? Ich meine, ich red nur über etwas, das passiert, etwas, das eben passiert, und hier seid ihr, hier seid ihr zwei, und ihr wollt die Sache zu 'ner moralischen Grundsatzdebatte aufblasen.

Liz (belustigt) Wer hat was von moralischer Grundsatzdebatte gesagt?

Mike Weil, ihr beide wollt das, was ich sagen will, völlig verfälschen. Weil – nein, das ist nicht, das ist nicht komisch – weil, ich rede nicht von Gewalt, Aggressionen oder so was. Weil, okay, wir wissen, da läuft irgendwas, und es ist sexuell, aber es basiert auf Respekt. Respekt ist ein wichtiger Teil davon. Ich meine, was meint sie, was meinst du mit Clair vergewaltigen. Weil, seien wir offen, wir reden doch nicht über, was weiß ich … Araber, oder. Wir reden nicht über, du weißt schon, Italiener, was, Anna, oder so was in der Art. Ich meine, ich kritisier das ja gar nicht, aber das ist anders, das ist eine andere Art von Gesellschaft.

Anna Ich gehe ins Bett.

Liz Gute Nacht.

Anna geht.

Mike Ja, gute Nacht. (Ruft Anna nach) Hör mal, sollte keine Beleidigung sein. (schwaches Lachen. Er trinkt.)

Liz Sie hat wieder nach Italien telefoniert.

Mike Hmm?

Liz Anna. Ich hab sie erwischt, wie sie wieder nach Italien telefoniert hat.

Mike	Woher willst du das wissen?
Liz	Weil sie Italienisch gesprochen hat. (Sie trinkt.) Obwohl sie's natürlich abstreiten wollte.
Mike	Sie wollte abstreiten, dass sie Italienisch gesprochen hat.
Liz	Sie wollte Italien abstreiten.
	,
Mike	Manchmal ist niemand da, weißt du. In ganz Italien. Niemand da. Turin. Pisa. Florenz. Rom. Neapel …
Liz	(auf «Rom») Wirklich, warum kann sie ihrer Mutter nicht **schreiben**?
Mike	Alle Lichter brennen, aber keiner ist da.
	,
	Hör mal, sie kennt unsere Position zu Telefonaten.

Liz legt sich mit ihrem Kopf in Mikes Schoß.

Liz	Jedenfalls würde sie dich bei lebendigem Leib fressen.
Mike	Was?
Liz	Clair.
Mike	Hm, **ich** hätt nichts dagegen.

Beide lachen schwach.

Liz	Lass uns ins Bett gehen.
Mike	Weil, wieso kommt er überhaupt nochmal her?
Liz	Er will ausmessen.
Mike	Ausmessen. Was will er denn ausmessen?
Liz	Ich weiß nicht.
Mike	Weil, was hat er denn letztes Mal gemacht?

Liz Tja, ohne Frage nicht ausgemessen.

Beide finden das komisch.

Mike Und das hat Clair gesagt.
Liz Clair war Mittag essen.
Mike Dann dürfen die also doch raus, was, zum Mittagessen. Weil er ja weiß, oder, er weiß, dass wir in zwei Tagen abschließen.
Liz Ja natürlich weiß er das.
Mike Na, solang er das weiß.
Liz Ja natürlich weiß er's. Lass uns ins Bett gehen.
Mike (belustigt) Du weißt, oder, dass er nie draußen war.
Liz (belustigt) Was?
Mike Clair hat mir erzählt –
Liz In einem eurer Gespräche.
Mike In einem unserer Gespräche hat sie mir gesagt, er war nie draußen im Garten.
Liz Und?
Mike Na ja, man sollte doch meinen, dass er neugierig ist.
Liz Tja, ist er ohne Frage nicht.

Beide finden das komisch.

Mike Weil, ich finde ihn kalt.
Liz Also ich finde ihn charmant.
Mike Jedenfalls, du kannst ihn ja fragen.
Liz Ihn fragen, ob er charmant ist?
Mike Ob er neugierig ist. Nein, du kannst ihn morgen fragen, ob er überhaupt neugierig ist.

Liz Ich bin morgen nicht hier. Weißt du doch: Ich bin in der Wohnung.

,

Mike Du bist in der Wohnung. Stimmt. Was macht die Wohnung denn?

Liz Der Wohnung geht's gut. Es ist nur –

Mike Sieh mal, wenn wir die Wohnung nicht nehmen, haben wir kein Bargeld.

Liz Ich weiß, ich weiß.

Mike Weil, wenn du willst, dass dich die Leute behandeln wie …

Liz Ich weiß.

Mike Scheiße. Oder sonst was. Dir das Herz brechen. Oder sonst was.

,

Was siehst du da an?

Liz Was ist das für ein Strich?

Mike Das ist ein Riss. Nur ein Riss.

Liz Es ist nur, ich denke, weißt du, dass wir vielleicht bald zu dicht aufeinander hocken.

Mike Tja, könnt sicher sein. Weißt du, das ist sicher sogar mehr als möglich. (Sie lachen.) Oder sonst was.

,

Liz Komm, lass uns raufgehn.

Mike Was ist los?

Liz Wenn Anna kommt.

Mike Wenn Anna kommt. (schwaches Lachen) Du hast Recht.

Liz Na, könnte doch sein.

Mike Könnte sein, ja. Weißt du, das ist sicher sogar mehr als möglich.

Liz Komm. (Sie steht auf.)

Mike Ich meine, sie weiß, worüber ich rede. Anna weiß, was ich meine, stimmt's, Anna.

Liz nimmt ihr Glas und greift nach der Flasche, um sie wegzuräumen.

Hey.

Mike hindert sie daran und kippt den Rest der Flasche in sein Glas. Dann nimmt Liz ihr eigenes Glas und die leere Flasche mit hinaus in die Küche. Mike streckt sich aus, trinkt jedoch nicht, sondern lässt sein Glas auf dem Boden stehen.

Weil, da seid ihr, ich meine, ihr wisst beide – ihr **wisst beide** – was abläuft ... Weil, na ja, über nichts anderes reden wir hier, oder ... (schwaches Lachen. Dann, nach einem Moment, ein längeres lauteres Lachen, als sei ihm gerade etwas unerwartet Komisches eingefallen.)

Liz erscheint wieder im Zimmereingang.

Liz Kommst du? (Sie geht zu ihm. Sanft) Komm, lass uns ins Bett gehn.

Sie berührt ihn. Er schläft. Liz bleibt für einen Moment, geht dann.
Blackout.

Zweite Szene

Vormittag. Vom Vorabend liegen noch immer Annas Karten auf dem Boden. Clair und James kommen herein.

James (lacht) Aber ich würde sie liebend gern sehen.
Clair (lacht) Das glaube ich Ihnen nicht.
James Und welche Farbe haben die Wände?
Clair Die Wände?
James Ja.
Clair Ich weiß nicht. Neutral.
James Neutral? (Lacht.)
Clair Absolut neutral. (Lacht.) Sie beziehen keine Position.
James Clair. Ein Witz!
Clair Ja.
James Nun, ich bin baff. Ich bin baff und amüsiert. Und Sie?
Clair Und ich was?
James Beziehen Sie Position?
Clair Ich verstehe nicht.
James Oder sind Sie nur neutral. Wie die Wand.
Clair Oh, ich bin wie die Wand. Das ist mein Beruf.
James Undurchdringlich.
Clair Wenn Sie wollen.
James Und es gibt ein Bord.
Clair Ein was?
James An der Wand. Der Wand im Bad. Ein kleines Glasbord und eine Tube Zahnpaste, die über Monate hält und hält und hält.
Clair Wirklich?

James Tut mir Leid. Ich horche Sie aus.
Clair Das können Sie gut.
James Ja, nicht wahr.

Beide lachen. Dann Schweigen.

Wissen Sie, als ich anrief, wollten die jemand anderen schicken. Sie haben versucht, mir einen dieser grässlichen Jungs anzudrehen.
Clair Toby.
James Ja, genau. So hieß er. Er sagte: Ich komme und treffe Sie mit dem Schlüssel. Ich sagte: Würden Sie mir bitte zuhören, ich verhandele in dieser Angelegenheit ausschließlich mit Clair.

Beide lachen.

Wie ist er?
Clair Toby? (Zuckt die Achseln)
James Hätten wir uns gemocht?
Clair Nein.

Sie lachen.

James Ist er vor oder hinter Ihnen?
Clair Seitlich.
James Links.
Clair Ja.
James Sie drehen sich nach links, und da ist Toby. Er telefoniert, aber er sieht Sie an.
Clair Nein, er arbeitet.

James	Ja, natürlich.
Clair	Ich hatte ihn gebeten zu kommen.
James	Wirklich?
Clair	Ich wäre jetzt eigentlich Mittag essen.
James	Wir können hiernach Mittag essen.
Clair	Denn mittlerweile müssen wir auch abends arbeiten …
James	Und das hier ist Arbeit.
Clair	Ja. Ja, es ist ein langer Tag.
	,
James	Ja, natürlich.
Clair	Manchmal ist es eine Belastung, mit Leuten zu verhandeln.
James	Das kann ich mir vorstellen.
Clair	Weil wir zwischen den Fronten stehen.
James	Wofür Sie bezahlt werden.
Clair	Ja.
James	Mit soundso viel Prozent. Und es macht Ihnen Spaß.
Clair	Ja.
James	Denn Sie verhandeln gern mit Menschen. Sie mögen Menschen.
Clair	Ja. Ja, tu ich.
James	Warum wirken Sie dann nicht glücklich, Clair?
Clair	Ich bin vollkommen glücklich.
James	Aber Sie hören sich nicht glücklich an.
Clair	(wütend) Tja, tut mir Leid.
	,
James	Hörn Sie, ich sollte weitermachen. (Er zückt einen Zollstock.) Es wäre zu traurig, wenn meine Schätze nicht hineinpassen.

James misst aus. Clair geht, noch immer wütend, herum und stupst die Karten mit ihren Schuhen an.

Clair Tut mir Leid, wenn ich mich nicht «glücklich anhöre». Verraten Sie mir doch kurz, wie sich «glücklich» anhört.

James misst aus, sagt nichts. Clair lacht, gegen ihren Willen.

Und es ist kein Bad. Es ist eine Dusche. Wenn wir die Dinge nicht präzise beschreiben, kommt es womöglich zu Missverständnissen.

James (ohne aufzusehen) Sicher.

Clair Und die versuchen wir zu vermeiden - ohne Frage - zu vermeiden - Missverständnisse. Wir versuchen, bei den Leuten keine Erwartungen zu wecken, die nicht erfüllt werden können. Sonst fühlen sie sich betrogen. Enttäuscht. Und die Schuld geben sie natürlich uns.

James (wie zuvor) Für was?

Clair (zuckt die Achseln) Für alles. (Lächelt.) Aber, ja, es gibt ein kleines Glasbord. Woher wussten Sie das?

James (sieht zu ihr hoch) Oh, es gibt immer ein kleines Glasbord, Clair. Gleich über dem Waschbecken.

Beide lachen schwach.

Wissen Sie, was Kurkuma ist?

Clair Mischt man in Curry. Macht ihn gelb.

James Stimmt.
Ich muss nach da rüberkommen.

Clair kniet sich hin und beginnt die Karten einzusammeln.

Clair Wie war Rom?

James Wie Rom war?

,

Hörn Sie, Sie sollten das lassen. Heiß. Rom war heiß.

Clair Und Sie schließen morgen ab.

James Morgen früh.

Clair sammelt die Karten fertig ein. James hört auf auszumessen und sieht zu. Sie spürt seinen Blick und wendet sich um.

Sie hätten das lassen sollen.

Clair geht aus dem Weg. Er misst aus.

Clair Ihre Frau ist bestimmt schon ganz aufgeregt.

James Ach ja?

Clair Sagten Sie nicht, Sie haben es ihr erzählt?

James Ja, hab ich. Hab ich getan, ja. Und ja, Sie haben Recht, ist sie. Und der Junge natürlich. Weil es für Mark ein elendes Leben ist in diesem Hotel.

Clair sieht ihn an.

Das ist nicht gut für einen Jungen, oder. Haben Sie Kinder?

Clair Nein.

James Das habe ich Sie schon gefragt. Und Sie haben mir

dieselbe Antwort gegeben. Sie haben keine Kinder. Sie leben allein. Sie sind sehr glücklich allein. Tut mir Leid. Denn man kann Leute an so was messen, oder. Man kann Leute daran messen, indem man zuhört, wie oft sie sich wiederholen. Bei manchen ist es nur jeden Tag dasselbe. Aber bei anderen – Säufern, zum Beispiel, den Verrückten – ist es dasselbe jeden Tag jede Sekunde. Und hier bin ich und wiederhole mich. Weil es schon komisch ist, oder, wie man die Fehler von anderen peinlich genau wahrnimmt, und dann ertappt man sich bei den gleichen.

Clair (mit einem Lachen) Das müssen Sie wissen.

James lacht ebenfalls. Er klappt den Zollstock zusammen.

Und?

James Was?

Clair Passen sie?

James Wissen Sie, ich bin in so was unbegabt. Was denken Sie?

Beide lachen.

Clair Wir sollten jetzt wirklich gehen.

James Aber Sie sind doch beim Mittagessen.

Clair hält die Karten und fährt mit dem Daumen darüber.

Wissen Sie, ich glaube, wir werden hier sehr glücklich sein. Zumal dies unser kleinstes Haus sein wird, dafür in unserer größten Stadt. Und ich finde, es wird eine Menge Unfug geredet über Städte, oder. Weil ja ja ja, wir wissen alle, dass Fremde Tür an Tür mit Fremden wohnen. Wir sind alle schon mal auf der Straße an Freunden vorbeigelaufen, weil wir uns zu spät erkannten, und beide sind wir zu verlegen – oder sonst irgendwas – zu … versunken, zu versunken in die eigene Welt, um umzukehren. Und ja ja ja, wir sind alle schon mal, als Fremde, morgens aufgewacht und fanden unser Gesicht nur Zentimeter entfernt von den offenen Augen eines anderen Fremden. Wir stehen auf. Wir ziehen uns an, jeder auf seiner Seite vom Bett. Dann klappen wir das Bett womöglich zusammen … Etwas verschämt vielleicht, oder auf jeden Fall zu beschäftigt zum Reden. Aber was spielt das alles für eine Rolle? Denn sicher ist doch der große Vorteil, dadurch, dass wir uns nicht kennen, dass wir uns nie in das Herz geschaut haben, respektieren wir uns.

Clair Es wäre schön, wenn das wahr wäre.

James Ist es nicht wahr?

Clair lacht schwach.

Und war Ihre Beschreibung präzise?

Clair Von was?

James Darf ich die haben? (Er nimmt Clair die Karten aus der Hand.) Von was? Der … Situation. (Er hebt die Karten ab.)

Clair Ich hoffe doch. Ja.

James (gibt ihr die eine Hälfte der Karten) Siebzehnundvier. Was sagen Sie.

Clair (lacht) Bitte …

James Ja, was denn?

Clair Ich spiele nicht Karten.

James Sie spielen nicht Karten? Ist das bei Ihnen eine Frage des Prinzips?

Clair (lacht) Nein …

James Dann eben Schnippschnapp. Sie werden doch wegen Schnippschnapp keine moralische Grundsatzdebatte anfangen, oder? Wir spielen schließlich nicht um Geld. Nur Glück. (Er setzt sich.) Ja ja ja, Sie müssen los. Hörn Sie, ein, zwei Minuten, mehr nicht.

Ein kurzer Moment verstreicht. Clair setzt sich zum Spielen.

Na also, es geht doch.

Clair Ich wäre jetzt eigentlich beim Mittagessen.

James Sie sind Mittag essen. Das hier ist Mittag essen. Bitte.

Clair dreht die erste Karte um. Das Kartenumdrehen wird allmählich schneller.

(mit lautem Enthusiasmus) Schnapp!

Er nimmt seine Karten. Sie drehen wie zuvor Karten um.

Schnapp!

Er nimmt seine Karten. Sie drehen wie zuvor Karten um, bis James Clair bedeutet innezuhalten.

Und?

Clair lacht schwach.

Diese zwei Karten, sind das nicht die gleichen?

Clair Ja.

James Und.

,

Sie bringen offenbar nicht den richtigen Kampfgeist auf.

,

Ich gebe Ihnen eine Chance, Clair. Ich würde diese Chance nicht jedem geben.

Clair lacht schwach.

Und? Was müssen Sie sagen?

Clair Hörn Sie, ich … (Sie steht auf.)

James Bitte, Sie müssen es sagen.

Clair Tut mir Leid, aber das ist lächerlich.

James (auf «lächerlich») Nein, es ist nicht lächerlich. Ich hab's gesagt. Sie müssen es sagen.

,

Clair Schnapp.

James Was?

Clair Schnapp.

James (laut) Was? Schnapp?

Clair Ja.

James Ja, dann sagen Sie's.

Clair (laut) SCHNAPP. (Lacht.)

James (steht auf und gibt ihr die Karten) Das sind Ihre. Nein. Alle. Bitte. Sind alles Ihre. Sie haben gewonnen.

Sie nimmt die Karten.

Clair Wir sollten gehen.
James Und, was machen Sie wegen dem Essen?
Clair Ich habe Sandwiches.
James Tja, ein andermal.
Clair Ja.
James Was? (laut) Was?
Clair (laut) JA.

Beide lachen.

James Gut.

Werden wir nicht, oder.
Clair Ich glaube nicht, nein.
James Nein. Ich auch nicht.

Gelächter im Off.

Ist noch jemand hier?

Sie horchen. Schweigen. Clair geht zum Flureingang.

Clair (ruft) Hallo? (lauter) Hallo?

Schweigen.

Das ist unwahrscheinlich. (Sie geht zu James zurück.)
James Mir fällt auf, dass wir uns ziemlich ähneln, oder. Ich meine, woran liegt es, stimmt mit uns vielleicht irgendwas nicht, das frage ich mich allmählich.

Denn hier sind wir, wir waren zusammen in diesem Zimmer, in diesem Haus, zweimal jetzt. Und –

Clair Dreimal.

,

James Wirklich?

,

Wissen Sie, was ich jetzt sehr gern tun würde, Clair.

Clair will etwas sagen, bricht aber ab, als sie merkt, dass sich James' Blick zu einem Punkt hinter ihr verlagert. Sie dreht sich um und sieht Anna, die im Flureingang steht.

Clair Oh. Hallo. Das tut mir Leid.

Anna Es ist mein freier Tag.

Clair Ja, tut mir Leid. Mir wurde gesagt, es sei niemand hier.

Anna Heute ist mein freier Tag.

Clair Ja, natürlich. (zu James) Die haben mir gesagt, das Haus sei leer.

Vittorio, ein junger Mann, der eine Zigarette raucht, kommt hinter Anna herein und legt seine Arme um ihre Taille. Sie legt ihre Hände auf seine.

Jedenfalls. Tja. Ich denke, wir sind – oder – fertig – hab ich Recht?

Anna Bitte, sagen Sie nichts Mrs. Walsum.

Clair (zu James) Sie wollten doch nicht nach oben. Oder?

Vittorio (mit gesenkter Stimme) Non è la loro, vero?

Anna (mit gesenkter Stimme) No, lei è l'agente immobiliare.

Vittorio Cosa? Ha la chiave?
Anna Non ha importanza.

Anna nimmt die Zigarette und inhaliert, bevor sie sie wieder zwischen Vittorios Finger steckt. Beide zeigen keinerlei Zeichen von Verlegenheit.

Clair Hörn Sie, tut mir Leid, wenn wir ... Sehn Sie, mir wurde gesagt, es sei niemand da.
Anna Bitte, sagen Sie ihnen nichts, okay.
Vittorio Guarderanno di sopra?
Anna No. Se ne andranno.
Vittorio Ma tu passerai dei guai.
Anna No. Non lo diranno a nessuno.
James Natürlich nicht. Natürlich sagen wir niemandem etwas.
Anna Danke.

Vittorio und Anna gehen.

James Wissen Sie, was ich jetzt sehr gern tun würde, Clair. Ich würde gern raus in den Garten gehen.

Blackout.

Dritte Szene

Nachmittag. Liz und Mike. Beide still und angespannt.

Mike Vielleicht kommt er ja noch. Er kann immer noch kommen.

Liz Ja.

Mike Ich meine, was machen die gerade, telefonieren die?

Liz Sie telefonieren die ganze Zeit.

Mike Und, schicken sie wen vorbei?

Liz Ich weiß es nicht.

Mike Aber du hast doch mit denen gesprochen.

Liz Ich hab dir gesagt, ich weiß es nicht.

,

Mike Tut mir Leid.

,

Liz Ich meine –

Mike (gleichzeitig) Aber hör zu –

,

Ja, sag.

Liz Nichts.

Mike Du wolltest was sagen.

Liz Schon gut, nichts.

,

Alles, was ich sagen wollte, war –

Mike Ich meine, wenn du mich schon unterbrichst.

Liz Dann red du eben.

Mike Nein nein. Bitte. Du wolltest was sagen.

,

Liz Alles, was ich sagen wollte, war, ist, dass er ohne Frage nicht kommen wird.

Mike Haben sie das gesagt?

Liz Nein, aber ist doch ohne Frage so.

Mike Wieso ohne Frage.

Liz Das weißt du.

,

Wir wissen beide, dass es ohne Frage so ist.

Mike Aber er muss doch eine Nummer haben, eine Adresse.

Liz Ja.

Mike Und, schicken sie wen vorbei?

Liz Na, ohne Frage nicht.

Mike Haben sie das gesagt?

Liz Hör mal, ich kann jetzt nicht wiederholen …

Mike Weiß ich doch.

Liz … was sie Wort für Wort gesagt haben.

Mike Weiß ich doch, aber sie müssen doch irgendwas gesagt haben.

Liz Ich hab dir gesagt, was sie gesagt haben.

Mike Ja, aber es ändert sich dauernd.

Liz Es ändert sich überhaupt nicht. Sie verstehen unsere Position, aber sie können nichts tun.

Mike Also, tut mir Leid, aber ich kann das nicht glauben.

Liz Na dann red du mit denen.

Mike Ich red nicht mit denen.

,

Ich red nicht mit denen: alles, was ich wissen will, ist, wissen, was gerade passiert.

Liz Wir wissen, was passiert ist.

Mike Wir wissen nicht, was passiert ist. Passiert ist, dass alle denken, sie wissen, was passiert ist.

Liz Es ist doch ohne Frage klar, was passiert ist.

Mike Also so ohne Frage find ich das nicht.

,

Also, tut mir Leid, und vielleicht stimmt ja irgendwas nicht mit mir, aber wieso das ohne Frage klar sein soll, verstehe ich nicht, weil, Tatsache bleibt doch –

Liz Sieh mal, wenn du es nicht verstehen **willst** –

Mike — Tatsache bleibt doch, dass das, worüber wir gerade reden, zwei Sachen sind, die nicht unmittelbar zusammenhängen.

Liz — Na ja natürlich hängen die zusammen.

Mike — Ja, das setzt jeder voraus.

Liz — Also, wenn du es nicht realistisch betrachten willst –

Mike — Tut mir Leid, tut mir Leid, aber was ist hier eigentlich los? Was ist hier los? Weil, ich will es ja gerade realistisch betrachten, das ist doch genau der Punkt. Weil sonst hier mit jedem die Phantasie –

Liz — (auf «Phantasie») Hör zu, sprich du mit denen.

Mike — Ich spreche nicht mit denen.

Liz — Na wenn du nicht mit denen reden willst.

,

Mike — Weil, Tatsache bleibt doch –

Liz — Ich meine, wenn du nicht mal mit denen reden willst.

Mike — Tatsache bleibt doch, oder, dass wir über all ihre Bewegungen Bescheid wissen, und wir wissen, dass sie am Nachmittag wieder zurück bei der Arbeit war.

Liz — Nein.

,

Nein, war sie nicht.

Mike — Du hast gesagt, sie war.

Liz — Ich hab dir erzählt, dass sie's nicht war.

Mike — Du hast gesagt, sie war heute Morgen nicht da.

Liz — Ich hab gesagt – hättest du zugehört, hättest du mitgekriegt, dass das, was ich gesagt habe, war, war, sie war heute Morgen nicht da, und sie kam gestern Nachmittag nicht zurück.

Mike — Also, hättest du mir das gesagt.

Liz Ich habe dir das gesagt.

Mike Ich meine, hättest du mir das gleich am Anfang gesagt.

,

Das hat uns gerade noch gefehlt, oder.

Liz Mike.

Mike Ich mein nur, das hat uns gerade noch gefehlt.

Liz Ja, aber da ist auch Clair, man muss auch an Clair denken.

Mike Also, ganz offen gesagt, scheiß auf Clair.
Nein, hör zu, tut mir Leid, tut mir Leid. Weil, wenn das passiert ist, so unwahrscheinlich auch immer, dann hab ich natürlich, natürlich das größte Mitleid mit Clair. Aber Herrgott nochmal, Tatsache bleibt doch, der Mann sollte heute abschließen. Weil, hätte er nicht warten können? Ja ja ja, ich weiß, es ist schrecklich.

,

Ich meine, ganz ohne Frage …

,

Scheiße.

,

Hör mal, du weißt, ich mag Clair. Ich hab immer gesagt: Ich mag Clair.

Liz Ja, ich weiß.

Mike Was soll das jetzt heißen?

,

Ich meine, was genau soll das jetzt heißen?

Liz Es soll heißen, hättest du ihn herumgeführt statt …

Mike Das ist Clairs Beruf. Clair wird dafür bezahlt – sie wird bezahlt – von uns – mit soundso viel Prozent – dass sie die Leute herumführt. Weil –

Liz Schon gut. Ich weiß.

Mike Also, jetzt komm.

,

Ich meine, wenn sie nicht auf sich aufpassen kann.

,

Weil, hör zu, betrachten wir's realistisch. Was soll sich unsere Phantasie vorstellen? Sollen wir uns vorstellen, er hat sie bei der Gurgel gepackt und weggeschleift …

Liz Nein, ohne Frage nicht.

Mike Weggeschleift am helllichten Tag – das war wann, Mittagszeit – in seinen … egal was es war.

,

Liz BMW.

Mike BMW.

Beide lachen schwach. Sie entspannen sich etwas.

Weil –

Liz Nein, so war's ohne Frage nicht.

Mike Na dann.

,

Und du sagst, Anna war hier.

Liz Stimmt.

Mike Und sie war Zeugin bei dieser … was weiß ich … Vergewaltigung, Entführung oder was immer.

Liz (auf «Vergewaltigung») Also, ohne Frage ist es komplizierter als das.

Mike Weil, ist es nicht ziemlich herablassend, anzunehmen, Clair sei in dieser Sache ein Opfer? Weil, vor die Wahl gestellt, wer will sagen, dass sie nicht lieber woanders hinginge, etwas anderes täte, an einen interessanten Ort ginge, anstatt wieder zur Arbeit zu latschen und Häuser verkaufen.

Liz Die französischen Pyrenäen.

Mike Was?

,

Liz Hör zu, lass uns darüber nicht streiten.

Mike Was hat Anna überhaupt hier gemacht?

Liz Ich hab keine Ahnung.

Mike Na, du hast sie doch sicher gefragt.

Liz Ich hatte keine Zeit.

Mike Aber du hast mit ihr geredet. Weil sie doch eigentlich den ganzen Tag weg sein sollte.

Liz Ja, weiß ich.

Mike Was hat sie dann im Haus gemacht?

Liz Woher soll ich wissen, was sie im Haus gemacht hat?

Mike Wir sollten mit ihr reden.

Liz Red du mit ihr.

Mike Ich red nicht mit ihr.

Das Baby weint.

Scheiße.

Liz Hmm?

Mike Sie ist wach.

,

Jedenfalls, was konnten die sagen?

Liz Na ja, sie haben sich entschuldigt.

Mike Die Harraps hast du erwähnt? (d. h. dem Makler gegenüber)

Liz Nein, die Harraps haben wir verloren.

Mike Bist du sicher.

Liz	Die bauen gerade so einen Komplex. Sie haben die Baugenehmigung gekriegt für einen dieser … einen Feriendorf-Komplex auf dem Land.
Mike	Aber das steht unter Naturschutz.
Liz	Offenbar nicht.
Mike	Na, da können die sich freuen.

Das Weinen ist lauter geworden.

Herrgott nochmal.

Liz	(geht zum Zimmereingang) Anna. (lauter) Anna. Die Sache war (schwaches Lachen) also, ich weiß nicht, aber für mein Gefühl hat er impliziert –
Mike	Welcher von denen?
Liz	Toby.
Mike	Was, der ganz hinten?
Liz	Nein, er sitzt rechts, wenn man reinkommt. Nein, für mein Gefühl hat er –
Mike	Toby.
Liz	Ja, impliziert, wir könnten, na ja, jedenfalls bin ich ziemlich sicher, dass er das sagen wollte …
Mike	Sekunde. (Geht zum Eingang und ruft) Anna. Sie ist wach. (Er ist im Begriff zu gehen, als das Weinen aufhört.)

Schweigen.

Wie meinst du das?

Liz	Na ja, ich hatte nur das Gefühl, dass er fand, wir könnten, na ja, die Situation ausnutzen.
Mike	Sie ausnutzen.
Liz	Ich glaube schon.

Mike Das hat er gesagt, ja?
Liz Nein, **gesagt** nicht.

,

Alles, was ich meine, ist, ist, er sprach darüber, vielleicht – weil, natürlich war ich einverstanden, es weiter auf dem Markt zu lassen – also, er hatte nur das Gefühl, das wäre vielleicht eine gute Gelegenheit zum … Überdenken, oder so.

Mike Was, den Preis?
Liz Den Preis, weil, anscheinend gab es in den letzten Wochen einiges an … Bewegung, und ich glaube, er hat impliziert, dass Clair, na ja, vielleicht ein bisschen zaghaft war.

,

Zum Beispiel hatte er das Gefühl, dass sie nicht genug aus dem vierten Schlafzimmer gemacht hat.

,

Mike Tja, vorausgesetzt, wir haben James verloren.

,

Liz Tja, ich denke, wir müssen voraussetzen, dass wir James verloren haben.

,

Mike Das heißt, er findet zweihundert zaghaft.

,

Liz Das ist in groben Zügen, was er sagt.
Mike Na ja, das haben wir natürlich selbst immer gesagt.
Liz Ja, stimmt.

Mike geht herum, lacht kurz, überlegt.

Ich meine, das war alles sehr unverbindlich, weil ich

jetzt keinen falschen Eindruck erwecken will, denn er war wegen Clair sehr betroffen.

Liz tritt hinter Mike und legt ihre Arme um seine Taille. Er legt seine Hände auf ihre

Mike Was ist los?

Liz Bist du nicht neugierig?

,

Es ist nur, sie sind hier gewesen, oder. Sie waren in diesem Haus. Sie waren in diesem Zimmer, mehr nicht.

,

Ich meine, bist du nicht neugierig?

Mike Hmm?

Liz Weil, irgendwie kann ich's mir gar nicht vorstellen, ich kann mir nicht vorstellen, wo sie anfangen würden.

,

Aber andererseits ähneln sie sich wohl ziemlich.

Mike Findest du?

,

Liz Nein, lass nicht los. Lass mich nicht los.

,

Mike Wenn Anna kommt.

Liz Soll sie doch kommen.

Blackout.

Vierte Szene

Dunkelheit. Das Geräusch eines herannahenden Hochgeschwindigkeitszuges. Auf seinem Höhepunkt wird das Licht hochgezogen und zeigt James, der nachts in Clairs Wohnung telefoniert.

James … ja **natürlich** sind Sie das. Das ist ganz verständlich. Aber es kommt der Punkt, oder, wo Sie loslassen müssen, einfach loslassen müssen. Sie müssen sich einfach sagen: Das ist ihr Leben, **das** ist ihre Wahl.

Absolut.

Ja, absolut, und ich denke wirklich, dass eine Menge Unfug über Städte geredet wird. «Die Angst». »Die Einsamkeit». (Lacht.) Denn, ganz offen gestanden, zu viel Intimität kann genauso erdrückend sein. Eigentlich ist es sogar meiner Erfahrung nach wahrscheinlicher, dass einen die Nähe eines Freundes mehr erdrückt als die eines völlig Fremden.

Oh ja, oh ja, darüber gibt es Statistiken.

Na ja, natürlich sind Sie beunruhigt, und bestimmt würde ich, wenn ich Sie wäre, genau dasselbe tun, (vertraulich) denn, um Ihnen die Wahrheit zu sagen, mich kann man auch schnell beunruhigen. Nicht wegen großer Sachen, seltsamerweise. Nein. Es sind die kleinen Sachen. Die Details. Der Belag vom Sandwich, nicht, oder das Blatt, das plötzlich fällt.

Ich sagte, das Blatt: das Blatt, das plötzlich fällt.

Das Geräusch eines herannahenden Zuges.

Natürlich. Natürlich. Ich gebe sie Ihnen.
(Ruft) Clair? Clair?
Eine Sekunde eben, und ich gebe sie Ihnen. (Ruft) Clair?

Ein vorbeifahrender Zug.

(Ruft laut über dem Zug) Clair?

Der Zuglärm verebbt.

Sie antwortet mir nicht. Sie muss immer noch
Das stimmt, tut sie nicht. Sie muss immer noch, wissen Sie, sie muss immer noch unter – ist das zu glauben – immer noch unter der Dusche sein. (Lacht mit Mum.) Ja, aber Tatsache ist, sie fühlen sich wirklich schmutzig. Clair und ihre Kollegen – ihre Jungs da – sie fühlen sich wirklich schmutzig nach einem Tag voller Kaufen und Verkaufen, Verkaufen und Kaufen. Sie fühlen eine Art … Dreckschicht, offen gesagt. Sie fühlen eine Art – oh ja, hat sie Ihnen das nicht erzählt? – eine Art Ekel vor sich selbst.

Na ja, **natürlich** verheimlicht sie Ihnen das, **natürlich** tut sie das. Aber zufällig weiß ich, dass sie den lieben langen Tag von diesem Moment, diesem einen Moment träumt: wie das heiße Wasser strömt und der Dampf, der heiße Dampf aufsteigt.

Schwaches Zuggeräusch.

Diese Züge sind lästig, was.

Ja. Sie sind fast im Zimmer. Und Zimmer ist noch geschmeichelt, oder – eher eine Art – tja, stimmt: eher eine Art Schrank. Bei meinem ersten Besuch hier dachte ich, sie würde mich gerade schreiend in eine Art großen Schrank schleifen. Ich hab gesagt: Clair, Clair, Clair, hier lebst du? (Lacht mit Mum.) Doch. Doch. Ich hab gesagt: hier lebst du, Clair? In einem übergroßen Schrank, Clair? Der nach Rauch riecht? In diesem seltsamen kleinen Loch mit einem Bett, das man nicht mal zusammenklappen kann. Dusche links. Kochnische rechts. Ist das deine … «Investition»?

Absolut. Aber sie hat mich bekehrt. Wissen Sie, sie hat mich bekehrt. Und mit der Zeit habe ich erkannt

Das Geräusch eines herannahenden Zuges.

Oh ja, **alte** Freunde, ganz alte Freunde, und ich habe erkannt, dass das hier, gerade das, ihr Refugium ist. Ja. Dass hier eine sehr gute Atmosphäre ist. So gedämpft und ruhig. Dass übrigens selbst die Züge zur Ruhe beitragen, gerade die, durch den Kontrast, und sie hat mir beigebracht, die ruhige Schönheit der Schienen zu sehen, wie sie verschmelzen im Flucht **was?**

Sicher versuch ich's nochmal. Sekunde. (Ruft) Clair? Clair?

Ein vorbeifahrender Zug.

Sie rubbelt sich nur gerade ab.

Ich sagte: anscheinend rubbelt sie sich nur gerade trocken, und dann ist sie draußen, dann ist sie frei. Sie ist sauber, und sie ist frei und was?

Ich sagte doch: sobald sie sich gründlich

Ja: sobald sie sich gründlich abgerubbelt

Bitte. Bitte. Wenn ich ausreden dürfte: sobald sie sich gründlich abgerubbelt hat, ist sie, wie gesagt, sauber und frei und wir zwei beide gehen aus nur um sämtliche Missverständnisse zu klären auf ein Ei-Sandwich wahrscheinlich weil ich morgen früh in Rom sein muss obwohl man schon auf den Dias sieht dass es nicht was?

Schwaches Zuggeräusch.

Also, Sie verlangen doch jetzt bestimmt nicht von mir, dass ich da reinplatze, oder? Einfach da reinplatze, alles vom kleinen Glasbord reiße, die ganzen Flaschen und Tiegel, die ganzen Cremes und Parfums, die sich da auf dem kleinen Glasbord stapeln, und die abgerissenen Fetzen von Wattebäuschen, einfach das ganze Zeug umreiße und was? fordere? – bestimmt doch nicht fordere, dass sie ans Telefon kommt? Weil ich nicht finde, ich darf irgendwas fordern von dem armen Kind, dem armen Mädchen, was eins dieser furchtbaren Worte ist, oder, eins dieser furchtbaren Worte, mit denen Männer Frauen herabsetzen, verzeihen Sie bitte, manchmal denke ich, wir müssen, müssen wir nicht, ich hab den Verdacht, wir müssen bedeutend tiefer, oder, in uns hineinsehen, und, verstehen Sie mich nicht falsch, ich meine nicht diese schreckliche Art von Selbst, von Selbst, von Selbsterfahrung, ich meine einfach nur nachsehen, einen Blick werfen und schauen, ob da überhaupt irgendwas ist, offen gesagt (lacht) nicht, dass mich das groß kümmert, so oder so, was?

Entschuldigen Sie?

Sie legen auf, wenn Sie nicht mit Ihrer Tochter sprechen können? Wie bitte? Denn wie wollen Sie mit ihr sprechen, wenn Sie auflegen was?

Ich dachte, ich hätte das alles erklärt. Ich dachte, ich hätte meine Position ganz klargemacht, aber wenn Sie irgendwelche Zweifel haben, irgendwelche bohrenden Zweifel, dann sollten Sie mit Clair sprechen, denn sehen Sie. (Wechsel des Tonfalls) Sehen Sie. Sehen Sie, da ist sie jetzt.

Er wendet sich um und lächelt, als sei jemand ins Zimmer gekommen, und fixiert diesen Punkt in völliger Reglosigkeit.
Das Geräusch eines herannahenden Zuges.

Ja, hier ist sie jetzt.
Sehen Sie sie an.
Sie ist sauber.
Sie ist trocken.
Sie … strahlt.

Mit einer plötzlichen Geste hält er den Hörer auf Armlänge zur imaginären Clair und bleibt starr in dieser Position bis zum Ende der Szene. Crescendo des herannahenden Zuges.

Sie tupft ihr Haar mit einem Handtuch ab.
Sie will mit Ihnen sprechen.

Auf dem Höhepunkt des Zuglärms Blackout. Das Rauschen und Quietschen des Zuges geht weiter – extrem laut –, bis es schließlich verklingt, während das Licht für die Schlussszene hochgezogen wird.

Fünfte Szene

Der Garten von Liz und Mike. Sonniger Oktoberabend.
Mike, Liz und Toby.
Mike und Liz trinken Wein. Als das Licht hochgezogen wird, lachen die drei gerade.
Anna sitzt in der Nähe vom Weinstock und liest ein Buch.

Mike Sie machen Witze.

Toby Keineswegs. Ich schwöre Ihnen, genau das waren ihre Worte.

Mike Ein Angebot erwägen …

Toby Ganz recht. «Ich bin bereit, ein Angebot zu erwägen.»

Liz Aber Sie müssen **gestorben** sein.

Toby Und die Sache ist, ist, da steht sie – ich meine, es wäre ja gar nicht so schlimm gewesen – aber da steht sie, am obersten Treppenabsatz, und alles, was sie anhat – jedenfalls, soweit ich das sehen kann (lacht) – alles, was sie trägt, ist dieser, na ja, so eine Art chinesischen Morgenrock, einen dieser … Kimonos.

Mike Japanisch, in dem Fall.

Toby Na egal, was es war, ich konnte da gar nicht schnell genug wieder rauskommen.

Alle drei lachen noch ein wenig weiter. Schweigen.

Mike Ja, Anna hat auch so einen, oder.

Liz Einen was?

Mike Einen dieser – egal was es ist – Kimonos.

Liz Wirklich?

Mike Weißt du doch.

,

Er hat Vögel drauf.

Toby Hier draußen ist es wirklich sehr angenehm.

Liz Tja, immerhin ist es ruhig.

Mike Die Sache ist, wir sind keine wirklichen Gärtner.

Toby Also, das würde man kaum glauben.

Liz Denn natürlich haben wir früher eine Menge Lärm abbekommen von nebenan, als das noch Wohnungen waren.

Mike Na ja, das sind natürlich immer noch Wohnungen.

Liz Aber da waren es Mietwohnungen.

Toby nickt mitfühlend.

Mike Wobei, wenn man darüber nachdenkt, gibt es nicht den geringsten Grund, warum ein Mieter – oder – mehr Lärm machen sollte als ein Eigentümer.

Toby Nein, aber leider – seien wir offen – leider reden wir

dabei doch über eine vollkommen andere Art von Leuten, eine vollkommen andere Art von Haltung gegenüber dem Objekt.

Liz Natürlich ist es schlimm, was die mit den Mietern gemacht haben.

Mike Tja, das ist unverzeihlich.

Liz Das Schöne ist, um diese Tageszeit fällt das Licht hier herein.

Toby wirft einen Blick auf seine Armbanduhr.

Tja, tut mir Leid, können wir Ihnen ein Glas Wein anbieten?

Toby Danke, im Moment lieber nicht.

Mike Nein nein. Kein Problem. Verstehen wir. Denn ohne Frage muss Ihr Gefühl immer noch – na ja, es ist ja nicht so, dass unser Gefühl nicht auch immer noch –

Liz Ja, aber das Leben muss weitergehen, Mike.

Mike Ja, natürlich muss das Leben weitergehen. Das liegt in der Natur des Lebens. Es ist nur –

Toby Bitte. Es ist nur noch ein bisschen früh für mich, mehr nicht. (schwaches Lachen) Aber zu etwas ohne Alkohol würde ich nicht nein sagen.

Liz Frisch gepressten Saft vielleicht?

Toby Gern. Ja. Saft.

Mike Oder eine Cola oder so?

Toby Frisch gepressten Saft nehme ich gern.

Liz Anna, wärst du so lieb und holst ein Glas Saft für Mr. –

Toby Toby. Ich heiße Toby, bitte.

Liz Gut. Ja, natürlich. Holst du ihm bitte ein Glas frisch gepressten Orangensaft.

Anna Orangensaft.

Toby Oder Zitrone. Zitrone nehme ich auch gern.

Anna rührt sich nicht.

Liz Sie hätten ihn gern mit Eis, oder.

Toby Bitte. (zu Anna) Ja, bitte, mit viel Eis.

Anna nickt, hat aber nicht verstanden.

Liz Saft, Anna.

Anna Saft.

Toby Ja, einfach irgendwas. Irgendwas ohne Alkohol.

Liz Am besten gehe ich wohl mit ihr mit. Bin gleich wieder da.

Liz und Anna gehen. Unwillkürlich dreht Toby den Kopf und sieht Anna nach.

Mike Unser permanentes Problem.

Toby (wendet sich um) Bitte?

Mike Ihr was anzuziehen.

Toby Verstehe.

Mike Ich meine, ihr zu sagen, sich was anzuziehen. Nicht, ihr … eigenhändig was anziehen.

Toby (nickt) Verstehe, verstehe. (Er holt eine Zigarette hervor.)

,

Ich nehme an, sie badet oft oder so.

Mike Denn unsere Hauptangst war natürlich, dass ihr Äußeres die Leute, na ja, abhält.

Toby Ja?

Mike Nur insofern, als sie möglicherweise den Eindruck erweckt –

Toby (zündet sich die Zigarette an) Also, mich würde sie nicht abhalten, offen gesagt.

Toby lacht. Mike fällt mit ein. Kurzes Gelächter von beiden.

Mike Hören Sie, wir wollten Ihnen wirklich nur danken für alles, was Sie getan haben, und –

Liz (kommt nach draußen) Es gibt leider nur Zitrone.

Toby Nein, sehr gut.

Liz (ruft) Nein, Zitrone ist gut, Anna.
Es überrascht wirklich, wie begrenzt doch ihr Vokabular ist.

Toby Sie ist Französin, oder?

Mike Italienerin. Neapel.

Liz Vor der Telefonrechnung graut uns schon.

Toby Na ja, solang's nicht Australien ist.

Alle lachen schwach.

Liz Sehn Sie, die Sache ist, ist, wir wollten Ihnen nur danken für alles, was Sie getan haben, und –

Anna kommt mit dem Saft.

Genau, könntest du ihn rüberbringen zu Mr. –

Toby Toby.

Liz Tut mir Leid. Zu Toby.

Anna gibt ihm das Glas.

Toby Danke.

Anna kehrt zu ihrem Buch zurück.

Liz Na dann, prost.
Toby Prost.
Mike Prost.

,

Liz (mit gesenkter Stimme) Hat sie eben schon wieder gebadet?
Mike (mit gesenkter Stimme) Ich hab wirklich keine Ahnung, was sie gemacht hat.
Liz (zu Toby) Sie können sich nicht vorstellen, welche Mühe wir haben, ihr was anzuziehen.
Toby Nein, Ihr Mann hat …
Liz Ich meine, wo doch die ganze Zeit Leute zur Besichtigung kommen.
Mike (kumpelhaft) Also, ihr zu sagen, sich was anzuziehen. Nicht, ihr eigenhändig was anziehen.
Liz Na ohne Frage nicht, ihr was anziehen, Mike.

,

Ohne Frage kann sie sich selbst anziehen.
Mike Und, ist er Ihnen kalt genug?
Toby Bitte?
Mike Nein, tut mir Leid, ich dachte nur kurz, es wäre kein Eis drin.

Toby schwenkt das Glas. Die Eiswürfel klimpern.

Jedenfalls, wie Liz schon sagte, wir wollten Ihnen nur danken für alles, was Sie getan haben, und … Na ja, ohne Frage sind wir begeistert.

Liz (lacht) Ich meine, der Preis war …

Mike (lacht) Na ja, eigentlich, wenn man darüber nachdenkt, ist das geradezu lächerlich …

Liz Na ja, die ganze Sache ist lächerlich …

Mike Nach einer Zeit verliert es jede Bedeutung …

Liz Denn, seien wir ehrlich, wir dachten, wahrscheinlich wären zweihundert schon Preistreiberei, oder.

Mike Das Absurde ist, dass wir fast sicher weniger genommen hätten. Na ja, vor allem nach …

Liz Aber zweihundertfünfzig …

Mike Ich weiß. Es ist Wahnsinn.

Liz Ziemlicher Wahnsinn.

Mike Ich meine, fast Schwindel erregend … Zweihundertfünfzig. Und bar.

Liz Na, das ist ja das Überwältigende: bar.

Mike und Liz glucksen. Toby schaut vor sich hin, schwenkt das Eis in seinem Glas.

Toby Ja, für mein Gefühl haben wir einen ganz passablen Preis erzielt. Obwohl vielleicht nicht so bemerkenswert für vier Schlafzimmer, im gegenwärtigen Klima. Natürlich hatten die Baldwins erst kürzlich eine Enttäuschung erlebt mit einigen Anbietern, deren Verhalten – sagen wir – alles andere als anständig war.

Alle lachen schwach.

Insofern sprach die Tatsache, dass Sie ihnen eine zügige Übergabe bieten konnten, natürlich stark zu Ihren Gunsten.

Und … wie genau ist jetzt Ihre Position?

Liz	Na ja, natürlich suchen wir.

Toby	Und natürlich haben Sie selbst genug Bargeld. Gut. Und Ihr Preis?

Liz	Na ja, so um die dreihundert, oder.

Mike	Na, sagen wir, wir könnten bis zu dreihundertfünfzig gehen, für etwas Außergewöhnliches.

Toby	Dreihundertfünfzig. Gut.

Liz	Die Sache ist, ist, unser Gefühl ist, dass wir uns Zeit lassen sollten.

Toby	Nein, das verstehe ich.

Mike	(lacht) Nur, weil Freunde von uns …

Liz	(lacht) Poppy und Max, die Armen …

Mike	Sie gerieten völlig in Panik, und jetzt wohnen sie neben Bahngleisen.

Alle lachen.

Wobei. Ein imposantes Haus. Sie haben Marmorböden verlegt. Drei Bäder.

Liz	Ja, aber die Züge … Sie leben wie auf dem Präsentierteller, Mike.

Toby wirft einen Blick auf seine Uhr. Mike nimmt die Flasche.

Mike	Und Sie wollen ganz sicher keinen …

Toby hält die Hand über sein Glas. Schweigen. Mike schenkt sich und Liz Wein nach.

Liz (lacht) Ich denke, die Sache ist – oder – ist, dass wir uns auf eine lächerliche Art, na ja, verantwortlich fühlen.

Mike (lacht) Na ja, verantwortlich ist wahrscheinlich nicht das richtige Wort.

Liz Nein nein, nicht **verantwortlich**, ohne Frage.

Mike Weil ich denke, es wäre falsch, ich hab schon zu Liz gesagt, es wäre moralisch falsch, denke ich, für jeden von uns, sich in irgendeiner Art verantwortlich zu fühlen.

Liz Also, nein, ich meine auch nicht verantwortlich.

Mike Na, du hast aber verantwortlich gesagt.

Liz Ja, ich weiß, **gesagt** habe ich das, Mike.

Toby schwenkt das Eis. Er sieht Anna an.

Mike (zu Toby, mit aggressivem Unterton) Ich meine, was ist denn Ihr Gefühl?

Toby (wendet sich wieder um) Bitte? (Sieht auf die Uhr) Tja, eigentlich müsste ich …

Mike Ich meine, anscheinend hat meine Frau das Gefühl, dass wir, auf irgendeine obskure Art, verantwortlich sind. Insofern hab ich mich nur gefragt –

Liz Mike, bitte.

Mike Ich will doch nur wissen, was der Mann denkt, Herrgott nochmal.

Toby Na ja … (schwaches Lachen) Sicher, wenn sie … Bescheid wussten, wenn sie Bescheid wussten beim

Kauf wegen der Bahngleise … dann können sie sicher …

Mike Den Bahngleisen.

Toby Ja, wenn sie darüber Bescheid wussten beim Kauf, dann können sie sicher … außer, es gibt irgendwelche … Faktoren, von denen ich nichts weiß. Dann können sie doch sicher keinen von Ihnen verantwortlich machen für den Erwerb. (Lacht.) Oder?

Mike Nein nein. Sie haben ganz Recht.

Toby Gut, ich muss jetzt leider –

Mike Gehen. Ja. Natürlich.

Toby Nur, weil ich …

Mike Natürlich. Nein. Verstehen wir.

Toby Ich muss nur – sehr langweilig – ein paar Leute zum Essen treffen, mehr nicht.

Liz Tja, wir sind Ihnen sehr dankbar, dass Sie vorbeigeschaut haben.

Mike Ja. Danke nochmal.

Toby gibt Mike und Liz die Hand.

Toby Ich finde allein raus.

Liz Nein. Bitte … (Sie ist im Begriff, Toby hinauszubegleiten.)

Mike Der Schlüssel.

Sie drehen sich um.

Toby Bitte?

Liz Ja, natürlich. Jetzt, wo alles vorbei ist – Gott sei Dank –, wollten wir Sie noch nach unserem Schlüssel fragen.

Toby Den Schlüssel.

,

Mike Na ja, es muss ja nicht gleich sein. Sobald es Ihnen passt …

Toby Nein. Sehn Sie. Tut mir Leid. Ich dachte, Sie … Weil, die Sache ist, natürlich hatte Clair Ihren Schlüssel.

Mike Clair. Ah. Nein. (schwaches Lachen) Hörn Sie, tut mir Leid.

Toby Nein nein. Ganz allein unsere Schuld.

Liz Also, daran ist ja nun niemand **schuld.**

Toby (auf «schuld») Nein nein. Ohne Frage müssen Sie das Gefühl haben – also, ich denke, das Gefühl hätte jeder – weil Sie nicht die einzigen Leute sind in dieser Position, ohne Frage. Aber, ja, ich verstehe gut, dass Sie das Gefühl haben, es würde ein … Fragezeichen stehen, wenn Sie so wollen, hinter Ihrer Sicherheit. Natürlich wäre es das Beste, das Schloss auszuwechseln, aber da Sie in ein paar Tagen ausziehen … Hörn Sie. Kein Problem. Ich spreche mit den Baldwins darüber.

Mike Aber ich bin sicher, dass –

Liz (gleichzeitig) Bitte –

,

Toby Nein. Wirklich. Das macht keine Mühe. Ich spreche mit ihnen morgen früh. (im Begriff zu gehen, mit einer nervösen Geste zum Garten) Der Wein hatte es ihnen angetan.

Blackout.

Weniger Notfälle (Fewer Emergencies)

Deutsch von Corinna Brocher

Personen: Drei Schauspieler werden gebraucht: 1, 2 und 3 —— Zeit: Offen —— Ort: Offen —— Ein Schrägstrich (/) markiert den Moment, an dem die Dialoge beginnen, sich zu überlappen.

2 Und, wie läuft's so?

1 Na ja, es läuft besser. Es läuft Tag für Tag besser.

2 Was denn so?

1 Na ja, das Licht. Das Licht wird Tag für Tag besser.

2 Heller?

1 Was?

2 Heller? Wird Tag für Tag heller? Wird Tag für Tag besser? Heller?

1 Was?

2 Heller? Wird Tag für Tag heller? Besser.

1 Oh ja. Ja. Besser, ja. Heller, ja.

2 Gut.

1 Wird sehr viel heller, ja.

2 Gut. Freut mich.

1 Ich bin froh, dass es dich freut.

2 Freut mich wegen dem Licht.

1 Freut mich auch wegen dem Licht.

3 Wir freuen uns alle wegen dem Licht.

2 Na ja, sicher —— und, segeln sie noch?

1 Alle beide segeln noch.

3 Wie? Gleiten vorbei?

1 Alle beide gleiten noch immer vorbei, wenn sich die Gelegenheit ergibt, und sie ergibt sich immer öfter. Immer öfter holen sie das Boot heraus —— sie setzen Segel —— sie gleiten im Boot vorbei.

3 Es läuft also besser.

1 Es läuft Tag für Tag besser. Nicht nur das Licht, auch die Bootsfahrten. Sie holen das Boot heraus —— sie prüfen die Vorräte —— sie testen das Satellitentelefon —— sie verlassen die Bucht —— und in null Komma nichts sind sie draußen auf See —— schneiden durch die Wellen —— reisen in immer weitere Ferne.

3 Mit mehr Zuversicht.

1 Viel mehr Zuversicht.

2 Wie sehen sie aus?

1 Aussehen?

3 Ja —— gute Frage —— wie sehen sie aus?

1 Na ja, zuversichtlich —— zuversichtlicher.

3 Du meinst, sie lächeln? Oder müssen sie nicht lächeln?

2 Sie müssen nicht lächeln, aber sie lächeln trotzdem.

3 Wie —— können sie nicht anders?

1 Sie lächeln —— genau —— sie können nicht anders. Oder vielmehr —— nein —— korrigiere —— sie wissen, dass sie lächeln —— aber genauso gut wissen sie, dass die Art, wie sie lächeln, der Art des Lächelns ähnelt, das man lächelt, wenn man nicht anders kann.

3 Sag das nochmal.

1 Ich kann das nicht nochmal sagen, aber ich kann sagen, dass sie immer noch das kleine Lied singen.

2 Tun sie nicht.

1 Tun sie doch.

2 Tun sie nicht.

1 Doch, doch, sie singen immer noch das kleine Lied, wie was, das man im Supermarkt hört.

3 Oder im Baumarkt oder im Pornofilm —— wenn der geschwollene Schwanz im Pornofilm in die geschwollene Fotze dringt.

2 Es läuft also jetzt besser.

1 Es läuft jetzt erheblich besser —— helleres Licht —— häufigere Bootsfahrten —— zuversichtlicheres Lächeln —— es läuft Tag für Tag besser —— wer hätte das je geahnt?

2 Mmm?

1 Wer hätte das je geahnt? Wer hätte je gedacht, dass die beiden einfach so lossegeln zum Weltenrand?

3 Zum Welten-was?

1 Zum Weltenrand. Dem Rand der Welt. Dem Saum.

2 Welcher Saum? Es gibt keinen Saum der Welt.

1 Oh doch, den gibt es. Oh ja, es gibt einen Saum der Welt.

2 Na ja, streiten wir nicht.

1 Wir streiten nicht, weil es einen Saum der Welt gibt — so einfach ist das. Es gibt einen Rand, wie den Rand des Tellers, und hinter dem Rand ist — was?

3 Wir wissen es nicht.

1 Wir wissen es nicht — so einfach ist das — wir wissen nicht, was dahinter ist, dem / Rand der Welt.

2 Und wie läuft es, wenn sie das Haus verlassen?

1 Das läuft super. Es ist besser geworden. Die ganze Nachbarschaft ist besser geworden. Die Bäume sind stabiler, die Mexikaner wurden rausgeschmissen, die Serben wurden rausgeschmissen, die Leute räumen endlich die Scheiße ihrer Hunde weg, nette Familien ziehen ein.

2 Italiener und Griechen?

3 Griechen, Italiener, nette Chinesen.

1 Nette Somalis, nette Chinesen, richtig nette Kurden, richtig nette Familien, die ihre Hundescheiße wegräumen und in ihren Autos staubsaugen. Und außerdem wurde das Gen — nein — korrigiere — wurde die Sequenz — genau — jener Gene entschlüsselt, die Menschen dazu bringen, verbrannte Matratzen vor die Haustür zu werfen und ihre Babys zu erwürgen.

2 Oh?

1 Ja — ihre Babys zu erwürgen und hellere Straßenlaternen anzubringen. Es läuft jetzt besser. Das hat

natürlich gedauert. Sie sind gealtert. Ihr Haar ist grau geworden. Aber das hindert sie nicht, begehrenswert zu sein —— weit gefehlt.

3 Das hindert sie nicht, begehrenswert zu sein —— das hindert sie nicht zu segeln —— das hindert sie nicht, wie jetzt, zum Rand der Welt aufzubrechen —— weit gefehlt —— oder Schränke einzubauen ——

2 Weit gefehlt.

1 Weit gefehlt. Es hindert sie nicht, oben an der Wendeltreppe Schränke für Bobby einzubauen ——

3 Schränke aus kostbarem Holz.

1 Schränke —— genau —— aus kostbarem Holz, die Tischler für all die Sachen von Bobby einbauen —— alle Sachen, die Bobby im Leben braucht, für das Vergnügen und für den Notfall.

2 Kerzen?

1 Na ja, sicher auch Kerzen, Schachteln mit Streichhölzern, frische Feigen, Generatoren und Fässer voll Öl. Aber es gibt auch ein Regal voller Eichenbäume und ein anderes, in dem Kiefernwälder an einen Bergsee grenzen. Drückt man auf einen verborgenen Knopf, springt ein Geheimfach auf —— da ist die Insel Manhattan drin. Und zieht man die Fächer heraus, schüttet die horngriffigen Messer und die Hühner auf den Boden, schüttet die Kettensägen und die Harfen aus, findet sich hinten, ganz hinten im Dunkeln, die Stadt Paris, mit einem Tuch verhüllt, damit sie nicht einstaubt. Es gibt einen Kleiderschrank voller Uran und einen anderen voller Kobalt. Bobbys Anzüge hängen über einem japanischen Golfplatz. Seine Schuhe teilen sich Schachteln mit gekochten Garnelen. Auf einem kleinen Regal steht eine Reihe von Universitäten —— nur die besten —— getrennt durch Restaurants, in denen

Köche die Fritteusen benutzen, um aus Gold lebensgroße Parthenons zu schmelzen, als Souvenirs. Und an diesem Regal hängt, wie die Beethoven-Quartette und die Fertilitäts-Kliniken, der Schlüssel, der Schlüssel für den Notfall, der Schlüssel, um aus dem Haus herauszukommen.

3 Du meinst, er ist eingesperrt?

1 Na ja sicher ist Jimmy eingesperrt —— er ist immer eingesperrt —— zu seinem eigenen Schutz ist er eingesperrt.

2 Bobby.

1 Was?

2 Bobby —— nicht Jimmy —— Bobby ist zu seinem eigenen Schutz eingesperrt.

1 Ich hab doch gesagt Bobby.

2 Du hast gesagt Jimmy.

1 Du meinst, ich weiß nicht, was ich sage?

2 Na, streiten wir nicht.

1 Wir streiten nicht, weil ich gesagt habe / Bobby.

3 Was für ein Notfall?

1 Oh, hab ich dir das nicht erzählt?

3 Was für ein Notfall?

1 Oh, hab ich dir das nicht erzählt? Es gibt nämlich genau jetzt so einen Notfall. Steine werden geworfen —— Schüsse abgefeuert —— so 'n Zeug.

3 Was? Autos werden umgekippt?

1 Autos werden —— stimmt —— umgekippt und angezündet.

2 Aber doch nicht Bobbys Auto?

1 Natürlich nicht Bobbys Auto —— Bobby ist zu jung zum Fahren —— aber die Autos von Bobbys Nachbarn, die Autos von Bobbys Freunden, die Autos von Bobbys Eltern

—— ja —— sicher —— werden erst auf die Seite gedreht, dann komplett umgekippt und angezündet.

2 Ich dachte, es läuft alles besser.

1 Läuft es ja auch —— weniger Steine werden geworfen —— weniger Autos komplett umgekippt —— weniger Schüsse abgefeuert —— es gibt weniger Notfälle als früher —— aber trotzdem gibt es genau jetzt einen Notfall. Er geschieht genau jetzt. Und leider ist einer dieser Schüsse durch das Küchenfenster gegangen und hat den armen Bobby an der Hüfte erwischt.

2 Oh?

1 Ja —— leider —— erwischte den armen Bobby an der Hüfte, deshalb rennt er die Treppe auch nicht hinauf, sondern er —— was?

3 Er kriecht?

1 Er kriecht —— genau —— gut —— die Wendeltreppe hinauf. Benutzt hauptsächlich die Arme.

2 Er will den Schlüssel erreichen.

1 Er will die Tür öffnen.

2 Er muss verrückt sein.

3 Die Tür öffnen? Er muss / völlig verrückt sein.

1 Ah, ja —— aber man muss wissen, was sich in Bobbys Kopf abspielt. In Bobbys Kopf, wenn er die Tür öffnet, wenn er Menschen hereinlässt, wenn er sie die Treppe hinaufführt, ihnen die Schränke aus kostbarem Holz zeigt, die frischen Feigen, die Messer und das Uranium —— wenn er einen Zipfel des Tuchs anhebt und ihnen eine Ahnung von Paris gibt —— wenn er ihnen den geschwollenen Schwanz zeigt, der in die geschwollene Fotze dringt, und sie ein Restaurant auswählen dürfen oder ein Streichquartett —— wenn sie, nach einem Bad im Bergsee, ein menschliches Ei mit nach Hause nehmen

dürfen —— was dann? —— sie werden was? —— sie werden … Ja?

3 Ihn lieben.

2 Sie werden ihn lieben

1 Dann werden sie ihn ewig lieben.

Pause.

Genau.

3 Schiff an Küste.

1 Was?

3 Schiff an Küste. Vom Boot rufen sie ihn an. Vom Rand der Welt rufen sie ihn mit dem Satellitentelefon an. ‹Bobby? Bist du da?›

2 Er antwortet nicht.

1 Na klar antwortet er nicht. Er zieht sich die Wendeltreppe hoch. Er will ran an / den Schlüssel.

3 ‹Geh ans Telefon, Bobby.›

1 Er hat den Bogen jetzt raus: mit den Armen ziehen —— die Beine schleifen lassen —— konzentrieren.

2 Es läuft also jetzt besser.

3 Es läuft erheblich besser —— gezielterer Einsatz der Arme —— besseres Verständnis der Geometrie der Treppe —— erhöhte / Konzentration.

1 Helleres Licht —— häufigere Bootsfahrten —— zuversichtlicheres Lächeln —— weniger / Notfälle.

2 Es beunruhigt sie also nicht?

1 Was?

2 Es beunruhigt sie nicht, dass Bobby nicht antwortet.

1 Natürlich beunruhigt es sie —— deshalb lächeln sie ja —— deshalb singen sie ja das kleine Lied.

2 Tun sie nicht.

1 Tun sie doch.

2 Tun sie nicht.

1 Doch, doch —— sie streichen sich ihr graues Haar aus ihren hellen, grauen Augen und singen das kleine Lied.

3 (singt – sehr sanfter und entspannter Scat-Gesang)
Doo doo-ba-dee doo doo doo ba-doo …
Ba doo-ba-dee doo, ba doo-ba dee doo …

Vielleicht zehn Sekunden lang. Dann kurze Pause. Dann fallen die anderen unisono ein, singen längere und intensivere Phrasen. Das Licht wird langsam heruntergezogen bis zum genannten Moment.

1, 2, 3 Doo doo-ba-dee doo doo doo ba-doo …
Ba doo-ba-dee doo, ba doo-ba dee doo …
Ba doo-ba doo doo doo-ba doo-ba dee doo …

Vielleicht fünfundzwanzig Sekunden lang. Dann Pause. Das Licht wird immer noch heruntergezogen.

3 Und Bobby?

1 Mmm?

3 Und Bobby?

1 Was er an Blut verliert, gewinnt er an Selbstvertrauen. Licht flackert durch die Fenster —— Flammen —— es wird heller —— er kann den Schlüssel sehen ——

Black.

2 Es läuft jetzt besser.

1 Es läuft jetzt besser. Er ist weiter oben auf der Treppe. Er ist näher am Schlüssel. Seht nur, wie der kreiselt ——

nein —— korrigiere —— baumelt —— seht nur, wie / er baumelt.

2 Seht, wie der Schlüssel baumelt.

3 Genau, Bobby-boy. Achte auf den Schlüssel. Achte auf den baumelnden Schlüssel.

10. September 2001

Martin Crimp

Martin Crimp, 1956 in Dartford/Kent geboren, studierte in Cambridge englische Literatur. Seine ersten Stücke wurden am Orange Tree Theatre in Richmond/London uraufgeführt: Auf sein Debüt Living Remains (1982) folgten dort 1984 Four Attempted Acts, 1987 Definitely the Bahamas, 1988 das in diesem Buch enthaltene Der Handel mit Clair und 1989 Spiel mit Wiederholungen (Play With Repeats), in dem der Wunsch, Gewesenes noch einmal zu leben, ein changierendes Zeit- und Handlungsgeflecht in Gang setzt. Mit No One Sees the Video, einem

Rückgriff auf eigene Erfahrungen in der unwirklichen Welt der Marktforschung, schrieb Crimp 1990 sein erstes Stück für das Londoner Royal Court Theatre, das auch die Uraufführungen seiner weiteren Stücke zeigte: 1991 Das stille Kind (Getting Attention), bereits 1987 entstanden, in dem Crimp anhand des Themas Kindesmisshandlung das anonymisierte und zersplitterte Großstadtleben untersucht, 1993 Der Dreh (The Treatment), ein subversives Porträt des Filmgeschäfts, für das Crimp den John-Whiting-Dramatikerpreis erhielt, 1997 Angriffe auf Anne und zuletzt 2000 Auf dem Land.

+ Zeitgleich zur Londoner Uraufführung von Der Dreh wurde am Deutschen Schauspielhaus Hamburg 1993 mit Das stille Kind erstmals ein Stück von Crimp auf Deutsch gezeigt. Der Dreh hatte 1995 am Nationaltheater Mannheim seine deutschsprachige Erstaufführung, Der Handel mit Clair 2000 am Schauspiel Leipzig und Spiel mit Wiederholungen 2003 am Staatsschauspiel Dresden / TIF. Den endgültigen Durchbruch hierzulande erlebte Crimp mit Angriffe auf Anne, das seit seiner deutschsprachigen Erstaufführung am Bayerischen Staatsschauspiel München in zahlreichen weiteren Inszenierungen herausgekommen ist, darunter am Schauspiel Leipzig, Niedersächsischen Staatstheater Hannover, Thalia Theater Hamburg, Theater der Stadt Heidelberg, Theater Basel, Staatsschauspiel Dresden / TIF, Theater Neumarkt Zürich, Staatstheater Darmstadt und am Volkstheater Wien. Auch Auf dem Land wurde vielfach nachgespielt und die deutschsprachige Erstaufführung am Schauspielhaus Bochum bisher gefolgt von Inszenierungen u. a. am Staatstheater Stuttgart, Landestheater Linz, Burgtheater (Akademietheater) Wien, Schauspiel Leipzig, Theater Aachen und am Bayerischen

Staatsschauspiel München. Außerdem war es in der Regie von Luc Bondy am Schauspielhaus Zürich und am Berliner Ensemble zu sehen.

\+ Neben seiner Arbeit für das Theater hat Crimp eine Reihe preisgekrönter Hörspiele geschrieben – auf Deutsch gibt es außerdem Hörspielfassungen von *Auf dem Land* (NDR, 1999), *Der Handel mit Clair* (Schweizer Radio DRS / Radio Basel, 2000) und *Angriffe auf Anne* (DeutschlandRadio Berlin, 2000) – sowie Übersetzungen und Bearbeitungen veröffentlicht, darunter *Le Misanthrope* nach Molière, 1996 am Londoner Young Vic Theatre aufgeführt, 1997 Bernard-Marie Koltès' *Roberto Zucco* (Royal Shakespeare Company) und im selben Jahr für Simon McBurneys Théâtre de Complicité Eugène Ionescos *Die Stühle* (Royal Court Theatre), das 1998 auch am New Yorker Broadway lief, und zuletzt Marivaux' *Triumph der Liebe* (Almeida Theatre, London).

\+ Martin Crimp lebt mit seiner Frau, einer Mathematikerin, und seinen drei Kindern in der Nähe von London.